브라더
케빈

브라더 케빈

김수연
장편소설

문학동네

*

1996년 9월 7일, 미국 라스베이거스에서 마이크 타이슨과 브루스 셸던의 복싱 경기가 열렸다. 미국의 전설적인 래퍼 투팍은 그 경기를 관전한 후 클럽 666으로 향하던 길에 괴한들의 총격을 받았다. 투팍은 곧바로 병원으로 후송됐고 많은 사람들은 병원 앞으로 모여들어 투팍이 깨어나기를 기도했다. 그러나 그들의 간절한 기도에도 불구하고 6일 뒤인 1996년 9월 13일, 투팍은 눈을 감고야 말았다. 그때 나는 그 소식을 듣고 엄마의 뱃속에서 탈출을 감행했다. 예정대로라면 한 달 뒤에 태어나야 했지만 그럴 수가 없었다. 너무 슬펐고 그래서 울어야만 했으니깐. 어쩌면 자살을 꿈꿨는지도 모른다. 투팍이 없는 삶은 '삶'이란 단어에서 받침을 뺀 것과 같다. 죽을 사(死). 그러나 나는 죽지 않고 인큐베이터로 옮겨졌다. 조절되는 산소와 온도, 그리고 인큐베이터 안에 가득찬 정체 모를 약기운을 들이마시며 나는 서서히 기억을 잃어갔다. 다시 이때의 기억을 되찾은 것은 열다섯 살의 일이다. 기억을 되찾기 전까지 나는 보잘것없는 인생을 살았다.

학원

1

나는 납치당했다. 차창을 열고 살려달라고 소리를 지르고 싶었지만 아무도 내 말을 믿어줄 것 같지는 않았다. 왜냐면 납치범이 바로 엄마이기 때문이다.

엄마는 납치범 주제에 콧노래를 흥얼거렸다. 하긴, 납치에 성공했으니 신이 날 법도 하지. 내비게이션은 추임새를 넣으며 엄마의 흥을 돋웠다. 약 5백 미터 앞 시속 60킬로미터 구간입니다. ……전방에 과속방지턱이 있습니다. ……잠시 후 좌회전입니다. 내비게이션은 참으로 부지런했다. 나는 내비게이션을 향해 도대체 누구의 목적지냐고 묻고 싶었다. 그러나 진짜로 물은 것은 아니다. 내가 터미네이터도 아니고 무슨 수로 기계와 대화를 나눈단 말인가. 어쨌든 분명한 것은 내 목적지가 아니라는 거다. 이런 사실을 깨닫자 머리털 끝까지 화가 치밀었다. 그래서 고함을 지르고 조수석 콘솔 박스를 걷어찼다.

"너는 엄마가 만만해?"

엄마의 말을 듣자 온몸의 기운이 빠졌다. 너는 엄마가 만만해? 라니…… 그렇다면 엄마는 여태 그 사실을 몰랐단 말인가! 만만하니깐 고함을 지르고 조수석 콘솔 박스를 걷어찰 수 있는 거다. 무서우면 절대로 이런 행동을 할 수가 없다.

말이야 바른말이라고, 엄마는 언제나 만만했다. 어린 시절부터 쭉 그랬다. 무서운 건 순간이다. 다리 밑에 버린다고 겁을 줘도, 용돈을 끊어버리겠다고 협박해도, 종아리로 회초리가 날아와도, 다음날이면 다시 만만해졌다. 미안함이나 죄책감 따위는 들지 않았다. 만약 엄마가 만만하지 않다면? 아, 그건 정말이지 너무나 고달픈 인생이 아닌가. 상상해보라. 당신이 학교에서 귀싸대기를 맞았거나 집으로 가는 길에 삥을 뜯겼다고 치자. 당신은 집으로 돌아가 엄마에게 이를 것이 분명하다. 만약 이르지 않는다면? 그건 좀 곤란한데……는 아니고, 뻔하다. 대신 화풀이를 하겠지. 반찬이 이게 뭐야. 집이 왜 이렇게 더러워. 빨래를 왜 안 하는 거야. 도대체 옷을 왜 그렇게 입어. 화장은 왜 그렇게 했고. 그 뭐 같은 교회 안 나간다고! 이것 외에도 수백 가지의 이유를 들먹이며 엄마에게 화풀이를 할 수 있다. 그리고 이게 다 만만해서 가능한 거다.

목적지에 도착하셨습니다. 음성 안내와 함께 차가 멈췄다. 창밖을 내다보니 '특목고입시전문학원'이라고 적힌 현수막이 펄럭거렸다. 아…… 설마 했던 일이 기어이 벌어지고야 말았다.

2

원장은 탁자 위에 놓인 시험지를 바라보고 있었다. 상담을 받기 전에 실력을 알아보기 위한 시험을 치렀는데, 수학과 영어, 두 과목이었다. 총 마흔 문제에서 내가 풀 수 있었던 건 고작 여섯 문제였다. 그리고 그마저 두 개나 틀렸다. 탁자 위에 놓인 것은 그때 풀었던 시험지였다.

시험지를 바라보는 원장의 표정은 뭔가 곤란하거나 불편한 기색이었다. 어쩌면 둘 다였는지도 모른다. 열다섯 살이라면 아무리 모자라도 그 정도는 눈치챌 수 있다. 그러나 마흔이나 된 엄마는 그렇지가 못했다. 나이는 숫자에 불과하다는 걸 나는 엄마에게 배운다.

"저기, 죄송하지만 성준군 같은 경우는 특목고를 준비하기엔 늦었습니다. 특목고를 준비하는 성준군 또래들은 이미 토플 고득점에 여러 대회의 수상 실적을 가지고 있습니다."

원장의 말이 맞다. 내 성적으로 특목고라니. 가당치도 않은 일이었다. 엄마는 원장을 물끄러미 바라보다가 천천히 입을 열었다.

"늦었다고 생각할 때가 가장 빠른 거 아닌가요……?"

음…… 뭐랄까. 그러니깐 우주로 순간 이동을 했다고나 할까. 시간과 공간을 초월해서 느낌만이 또렷한 순간 말이다. 나는 엄마의 말이 부끄러워서 고개를 떨구었다. 늦었다고 생각할 때가 가장 빠른 거 아닌가요?라니…… 아, 엄마는 정말 몰라도 한참을 모른다! 요즘은 늦었다고 생각할 때가 진짜로 늦은 거다. 가는 말이 고우면 사람을 얕보고 티끌 모아봐야 티끌인 세상이 된 지가 대체 언제 적 일인데……

사실 엄마가 시대에 뒤처졌다고 부끄러운 것은 아니었다. 그러니깐 저 말은 도무지 이 상황과 어울리는 말이 아니지 않은가. 그리고 더 큰 문제는 엄마가 저런 말을 할 때마다 뿌듯해한다는 거다. 저런 말을 내뱉으면 상대방이 자신을 굉장히 사려 깊고 세련된 사람이라 여길 거라는 착각을 하면서 말이다. 엄마는 가끔씩 이렇게 때와 장소를 가리지 않고 엉뚱한 말을 내뱉어서 상대방을 곤혹스럽게 만들곤 했다. 대개 이런 경우, 상대방은 당황해서 말을 잇지 못하거나 뜨악해진 분위기를 무마시키기 위해 웃음을 터뜨렸다. 하지만 원장도 엄마처럼 정상은 아니었는지 곧장 엄마의 말을 되받아쳤다.

"그럼 성준군 1학년 때 성적이 어떻게 되는지요."

100. 99. 102. 100. 내가 중학교 1학년 때 네 번의 시험에서 받은 전교 등수였다. 합이 총 401이고 나누기 4를 하면 100.25. 그래서 내가 100등이라고 할지 101등이라고 할지 망설이는 사이, 엄마가 내 대답을 가로챘다.

"과거가 중요한가요? 앞으로 잘하면 되지."

엄마는 대답과 동시에 지갑에서 백만 원짜리 수표 두 장을 꺼냈다. 시험지 위로 수표 두 장이 포개졌다.

"학원비는 매달 이렇게 낼게요. 성준이가 특목고에만 입학하면 서운하진 않을 거예요."

돈으로는 행복을 살 수 없지만 존나 큰 행복은 살 수 있다는 에미넴의 말*은 이런 경우를 두고 쓰는 말이겠지. 원장은 잠시 망설이다가 결국 탁자 위에 놓인 수표를 집어들었다.

원장은 '지킬 앤 하이드' 같은 인간이었다. 돈을 받기 전에 성적을 물어보며 도도하게 굴던 모습은 순식간에 자취를 감췄다. 돈을 받아든 원장은 내가 지금 당장 수업을 들어야 한다고 말했다. 그러면서 시간은 금이라는 말도 덧붙였다. 정말 더럽게 돈만 밝히는 인간이었다. 나는 내일부터 수업을 듣겠다고 했다. 학원에 온 것도 억울한데 수업까지 들으면 꼼짝없이 학원에 다녀야 할 것만 같았기 때문이다. 그러나 원장은 '내일'이란 뜻을 모르는 것처럼 굴었다.

오늘. 내일. 오늘. 내일. 오늘. 내일. 오늘. 내일. 오늘. 내일. 오늘. 내일. 오늘. 내일. 오늘. 내일. 오늘. 내일. 오늘. 내일. 오늘. 내일. 오늘. 내일. 오늘. 내일. 오늘. 내일. 오늘. 내일. 오늘.

원장과 나는 탁구를 치듯 계속해서 같은 말을 주고받았다. 그 모습을 바라보던 엄마가 옆에서 원장을 거들었다.

"그래. 똥인지 된장인지 구별은 해야지."

자, 다시 우주로. 원장과 나는 입을 다물었다. 우주에선 말을

---

* 래퍼 에미넴이 〈데이비드 레터맨 쇼〉에서 아이들에게 했던 열 가지 충고 중 세 번째 충고—Money doesn't buy happiness. It buys crazy-ass happiness. 이때 에미넴은 이 충고 외에도 No one's ever regretted a tattoo(누구도 문신한 것을 후회하지 않는다), Remember the magic words: "Please" "Thank you" and "Step off Bitch"(마법의 단어들을 기억해라 "부탁할게요" "감사합니다" "꺼져 씨발년아"), Don't waste your time watching this show(이런 쇼를 보는 데 시간을 낭비하지 마라), 같은 충고를 남겼다.

할 수 없으니깐…………그래…………똥인지…………된장인
지…………구별은…………해야지…………라니…………아,
어머니! 결국 나는 우주로 향하듯 원장을 따라 강의실로 향했다.

3

학원엔 총 열여섯 개의 강의실이 있었는데 여덟 개의 강의실이
서로 마주보는 구조였다. 원장이 나를 데리고 간 곳은 왼쪽 끝에
있는 강의실이었다. 원장은 강의실 문을 노크하며 오늘의 마지막
수업이니 한 시간만 들으면 된다는, 위로 아닌 위로를 건넸다.

잠시 후, 강의실 안에서 삼십대 초반으로 보이는 남자가 나왔다.
남자는 키가 작고 후줄근한 양복을 입고 있었는데 원장을 보자마
자 꾸벅 고개를 숙였다. 그때 남자의 머리를 볼 수 있었는데, 탈모
가 시작됐는지 정수리가 휑했다. 원장은 그에게 귓속말을 한 뒤 내
어깨를 두드리고 상담실로 향했다. 남자는 원장의 뒷모습을 향해
다시 고개를 숙였다. 그리고 고개를 들었을 때, 아주 잠깐이었지만,
남자의 표정이 험상궂게 일그러지는 것을 볼 수 있었다. 정말이지
이놈의 학원은 '지킬 앤 하이드' 같은 인간투성이었다. 나는 내키지
않았지만 어쩔 수 없이 남자를 따라 강의실 안으로 들어갔다.

쾅, 하고 문이 닫히기도 전에, 나는 뭔가 착오가 있다고 여겼
다. 내가 들어간 강의실 안은 온통 초딩들뿐이었다. 눈을 씻고 찾
아봐도 내 또래는 한 명도 찾을 수 없었다. 열댓 명의 초딩들이 나

를 물끄러미 쳐다봤다. 나는 문 앞에 멀뚱히 서 있다가 선생을 향해 나지막이 속삭였다.

"저기…… 저는 중딩인데요."

내 말을 들었는지 앞줄에 앉은 아이 몇 명이 웃음을 터뜨렸다. 선생은 말없이 손가락으로 칠판을 가리켰다. 칠판엔 난생처음 보는 영어들이 빼곡하게 적혀 있었는데, 나는 그 문장들을 하나도 해석할 수 없었다. 그것은 내게 있어 언어라기보단 그림에 가까웠다. 미술 교과서에 실린 잭슨 폴록의 그림보다 훨씬 더 난해했다. 내가 영문을 몰라 고개를 돌리니, 선생이 다시 칠판을 가리켰다. 선생의 손가락 끝을 자세히 따라가보니 선생이 가리키는 곳은 칠판이 아니라 칠판 앞에 놓인 단상이었다. 나는 그제야 선생의 뜻을 알아차렸다. 나는 단상에 올라가 초딩들을 향해 고개를 까딱이며 말했다.

"김성준이라고 한다."

아이들이 모두 웃음을 터뜨렸다. 선생이 나를 보며 무뚝뚝하게 말했다.

"다시. 영어로."

선생의 말을 듣자 머릿속이 백지장처럼 하얗게 변했다. 그 간단한 영어 인사가 하나도 떠오르지 않았다. 나는 한참을 머뭇거리다가 더듬거리며 겨우 말했다.

"나이스 투 미츄. 마이 네임 이즈 성준 킴…… 아임 프롬 코리아…… 아임 파인…… 앤, 아니 땡큐."

하마터면 'Thank you'를 'And you?'라고 발음할 뻔했다. 아이들이 다시 웃음을 터뜨렸다. 선생은 이번에도 웃지 않았다. 선생은 내게 교재를 건네고 강의실 맨 끄트머리에 있는 빈 책상을 가리켰다.

내가 그 책상에 앉자 수업이 진행됐다. 몇몇 아이들이 고개를 돌리며 나를 힐끔거렸다. 동물원 우리에 갇힌 기분이 들었다. 나는 고개를 숙이고 건네받은 교재를 살폈다. 교재는 총 세 권이었는데 문법, 독해, 단어집이었다. 문법과 독해집은 해석은커녕 아는 단어를 찾는 것마저 버거웠다. 단어집 역시 마찬가지였다. 절로 한숨이 나왔다. 그때, 내 책상 위로 쪽지 하나가 날아왔다.

—언제관둘 거애요? 형이첩은 아니애요 관둘라면 빨랑관둬요 갠히돈낭비 하지 말고ㅋㅋㅋ

쪽지가 날아온 오른편으로 고개를 돌리니 남자아이와 눈이 마주쳤다. 녀석은 기껏해야 5학년으로밖에 보이질 않았다. 나는 고개를 숙이고 쪽지 뒷면에 답장을 적었다.

—뒤질래 씹새끼야

내 답장을 받아든 초딩의 표정이 구겨졌다. 아, 내가 초딩 땐 교복을 입은 형, 누나 들만 봐도 긴장이 되고 절로 공손해졌는데……확실히 요즘 초딩들은 버르장머리가 없다. 나는 초딩의 버르장머리를 고쳐주기 위해 초딩에게 시선을 고정했다. 눈이 마주치면 입

모양으로 욕을 해댈 작정이었다. 그러나 초딩은 내 시선을 느꼈는지 고개를 돌리지 않았다. 그래도 무섭긴 하나보지? 그렇다고 해서 네 죄가 사라지는 건 아니란다. 인생은 실전이야. 오늘 내가 그걸 알려줄게. 이 버르장머리 없는 초딩 새끼야. 나는 교재 귀퉁이를 찢어서 욕을 적은 뒤 초딩의 책상 위로 던졌다. 초딩은 내가 던진 쪽지를 읽지도 않고 바닥에 버렸다. 그 모습을 보자 속이 부글부글 끓었다. 나는 수업이 끝나면 초딩을 혼내줄 계획을 세웠다. 5학년이면 꿀밤을 때리고 6학년이면 따귀를 때려야지. 그러나 이런 생각도 잠시, 내가 한심해졌다. 나는 이제 열다섯 살이나 됐는데……
머릿속으로 여긴 어디 나는 누구, 라는 문구가 떠올랐다. 괜스레 상담실에 남아 있는 엄마가 원망스러워졌다. 내가 학원에 온 건 순전히 엄마 때문이었으니깐. 좀더 정확히는 엄마 친구 아들 때문이지만…… 아, 정말이지 그놈의 엄마 친구 아들이 문제다.

4

지난주, 집으로 나라 아줌마가 찾아왔다. 나라 아줌마는 엄마와 고등학교 동창이자 20년 된 친구였다. 엄마와 아줌마는 소파에 앉아 귤을 까먹으며 자신들의 이야기보다 주로 다른 사람들의 이야기를 떠들었다. 아니, 걔가 주식으로 그 돈을 다 날렸다지 뭐야. 걔는 코에 필러를 맞았다며. 필러만 맞은 줄 아니. 그런다고 그 얼굴이 어딜 가니. 나도 이참에 주사나 좀 맞을까. 나는 귤껍질 같은 아줌마의 피부를 보다가 하마터면 고개를 끄덕일 뻔했다.

그녀들의 대화는 식탁에서도 계속됐다. 식탁에선 말을 삼가라는 옛 성현들의 가르침도 잊은 채 말이다. 그리고 대화는 언제나 그랬듯 자식 자랑으로 이어졌다. 먼저 시작한 쪽은 엄마였다.

"너 『해리 포터』 알지? 우리 성준이가 글쎄, 그 많은 책을 밤새 읽더라."

밥알을 삼키며 그러니, 그렇구나, 같은 말로 대꾸하던 아줌마가 재빨리 엄마의 말을 낚아챘다.

"아, 『해리 포터』? 우리 태성이는 진작에 원서로 읽었지. 성준이도 원서로 읽었니?"

엄마가 입을 다물었다. 순식간에 대화의 주도권이 아줌마에게로 넘어갔다. 아줌마는 밥알을 튀기며 쉴새없이 자신의 아들 자랑을 쏟아냈다. 할말이 그리 많았는데 그동안 어떻게 참고 있었는지 참으로 신기할 따름이었다. 엄마는 아줌마의 말을 들으며 조금 전에 아줌마가 그랬던 것처럼 그러니, 그렇구나 같은 말로 대꾸할 뿐이었다.

나라 아줌마의 아들인 태성이 형은 작년 겨울, 재학생의 절반 이상을 스카이로 진학시킨다는 외국어고등학교에 합격했다. 교복 값만 60만 원이 넘으며 한 해 들어가는 비용만 해도 웬만한 국공립대학교를 뺨쳤지만 아줌마는 그마저도 뿌듯해하는 눈치였다.

"얘, 이것 좀 봐봐. 미드에서나 보던 학교가 우리나라에도 있더라."

아줌마는 어느새 젓가락을 내려놓고 핸드폰을 꺼내서 사진을 보여줬다. 태성이 형이 합격자 예비소집일에, 입학할 학교에서 찍은 사진이었다. 형은 목도리를 두른 채 학교 정문에 서 있었다. 형의 머리 위로 '○○외국어고등학교의 합격을 축하드립니다'라고 적힌 현수막이 보였다.

아줌마는 사진을 보는 엄마에게 하버드니, 스탠포드니, 프린스턴이니, 예일이니, MIT니 하는 대학의 이름을 나열하며 형을 어디로 보낼지 고심중이라고 말했다.

"너 요새 달러값이 어떻게 되는 줄 아니? 우리 태성이가 미국에 갈 땐 환율이 좀 떨어져야 될 텐데 말이야."

아줌마가 걱정을 가장한 자랑질을 해댈 때 나는 조용히 자리에서 일어났다. 계속 그 자리에 있으면 화제가 내게로 옮겨질 것 같았기 때문이다. 나는 의자를 밀어넣고 방으로 향했다. 그러나 그것이 화근일 줄이야…… 그때까지 아줌마는 내게 관심조차 기울이지 않았다. 그녀들이 그렇게나 환장하는 미국식으로 설명하자면 나는 식탁 위에 놓인 그릇이나 컵처럼 'Object', 즉 사물이었던 것이다. 그러나 내가 자리에서 일어남으로써 그것이 깨진 것이다. 화제는 결국 내게로 옮겨졌다. 방으로 향하는 짧은 순간에 나는 참으로 많은 이야기를 들었다.

"얘, 너도 이젠 다 잊고 새로 출발해야지. 언제까지 이러고만 있을 거야."

방문이 닫혔지만 문틈으로 특목고니, 영어니, 유학이니, 대학이니, 학원이니, 같은 말들이 새어들어왔다. 나는 침대에 누워 이

어폰을 꽂고 음악을 들었다. 그러나 그날따라 음악이 귀에 들어오지 않았다.

5

수업은 마치 자막 없는 미드를 보는 것 같았다. 그러나 자막이 없다고 해서 박진감마저 사라진 것은 아니었다. 오히려 그 반대였다. 선생이 앞에 앉은 순서대로 질문을 시작했을 때, 박진감은 최고조에 이르렀다. 선생의 질문을 받은 아이들은 모두 막힘없이 유창한 영어로 대답을 했다. 대체 무슨 말을 하는지 짐작조차 할 수 없었지만 그게 중요한 게 아니었다. 손에 땀이 고이고 침이 말랐다. 나는 강의실을 뛰쳐나가고 싶은 충동을 느꼈다. 어느새 질문은 내게 쪽지를 던진 녀석에게까지 도착했다. 녀석이 한껏 혀를 굴리며 대답을 마치자 아이들의 시선이 모두 내게로 쏠렸다. 나는 침을 꿀꺽 삼키며 선생을 쳐다봤다. 그러나 선생은 내게 눈길조차 주지 않았다. 선생의 질문은 나를 건너뛰고 맨 앞줄에 앉은 아이에게로 되돌아갔다. 와우. 식스센스를 능가하는 반전이었다. 그리고 내가 브루스 윌리스일 줄은 꿈에도 몰랐다. 나는 그것도 모른 채 침이나 삼키며 전전긍긍했던 거고…… 나는 고개를 숙이고 수업이 끝나기만을 기다렸다.

수업이 끝나자마자 건네받은 교재를 책상 위에 올려놓고 도망

치듯 상담실로 향했다. 엄마에게 무슨 일이 있어도 이 빌어먹을 학원엔 다니지 않겠다고 말하려 했다. 그러나 상담실엔 원장이 함께 있었다. 원장 앞에서 차마 그 말을 꺼낼 수는 없었다. 나는 엄마에게 나가자는 눈치를 수백 번이나 보냈지만, 역시나 엄마는 내 눈치를 알아채지 못했다. 엄마는 자리에서 일어나는 대신 나를 소파에 앉혔다. 내가 소파에 앉자, 맞은편에서 나를 바라보던 원장이 심각한 표정을 지으며 말을 꺼냈다.

"성준군, 앞으로 남은 두 달의 방학이 자네의 인생에서 가장 중요한 시기란 걸 명심하게."

그새 엄마에게 감염이라도 된 걸까. 원장이 엉뚱한 말을 내뱉었다. 나는 잠자코 원장의 말을 들었다. 원장은 두 달의 방학 동안, 내가 천팔백 개의 영단어와 예순아홉 개의 수학공식을 외워야 한다고 말했다. 만약 그렇지 못한다면 학원에서 공부를 할 수가 없다고 했다. 바라던 바였다. 굳이 두 달 뒤가 아니라 오늘이라도 상관없다고 말하려 했다. 그런데 엄마가 내 대답을 가로챘다.

"우리 성준이는 할 수 있어요."

그럼 엄마가 해보시지. 그때 상담실을 노크하는 소리가 들렸고 곧이어 영어 선생이 들어왔다. 그의 손에는 내가 책상 위에 놓고 간 교재가 들려 있었다. 원장은 그를 보자 마침 잘 왔다면서 자신의 옆자리에 앉혔다.

"앞으로 성준군 보충수업을 담당할 선생님입니다."

원장이 엄마에게 영어 선생을 소개했다. 그는 원장의 말에 잠깐 당황한 기색이었지만 곧이어 엄마를 향해 고개를 숙였다. 그는 내가 놓고 간 교재를 내밀었다. 원장이 나를 보며 말했다.

"하하, 군인이 총을 두고 다니면 쓰나."

만약 그때 내게 총이 있었다면 나는 원장을 쐈을지도 모른다. 엄마는 그제야 모든 게 만족스럽다는 듯 자리에서 일어났다. 원장이 학원 앞에 주차되어 있는 차 앞까지 배웅을 나왔다.

"조심히 가시구요. 성준군, 그럼 내일 보자."

그건 좀 곤란할 것 같네요. 나는 대답 대신 고개를 숙이고 엄마 차에 몸을 실었다.

6

나는 다시 고함을 지르고 조수석 콘솔 박스를 걷어찼다. 엄마는 어울리지도 않게 점잔을 떨었다. 그러면서 고속도로 휴게소 화장실에서나 볼 법한 구절을 꺼냈다.

"성준아. 포기는 배추 셀 때나 쓰는 말이야. 왜 해보지도 않고 안 된다고만 그래."

엄마는 김장도 안 담그면서 그런 말을 해댔다. 내가 계속 말대꾸를 하자 이번엔 위인들의 이름을 꺼냈다.

"너 케네디 대통령이 무슨 대학 나왔는지 알어?"

"그래서 지금 나보고 총 맞아 죽으라는 거야?"

엄마는 결국 10분도 버티지 못하고 본래의 모습으로 돌아왔다. 그러면서 내가 무조건 학원에 다녀야 한다고 윽박을 질렀다.

"씨발…… 죽어버릴 거야."

나도 모르게 튀어나온 말이었다. 조금 지나쳤다고 생각했지만 이미 내뱉은 뒤였다. 그리고 내 말은 씨가 될 뻔했다. 엄마는 내 말을 듣자마자 브레이크를 밟았다. 안전벨트를 매지 않았다면 갈비뼈가 몇 군데는 박살났을 거다. 뒤따라오던 차들이 브레이크를 밟으며 경적을 울려댔다. 나는 깜짝 놀라서 엄마를 향해 소리를 질렀다.

"엄마 미쳤어?!"

딩동댕. 나는 내가 내뱉은 말이 사실인 것을 깨달았다. 그때 엄마는 정말로 미쳐 있었다. 핸들을 쥔 엄마의 손이 부들부들 떨리고, 이마 위로 푸른 핏줄이 튀어나온 것을 볼 수 있었다. 엄마는 나를 잡아먹을 듯이 노려보다가 다시 엑셀을 밟았다. 나는 차창 밖을 바라본 채 어서 빨리 집에 도착하기를 기다렸다. 그러나 엄마는 집으로 차를 몰지 않았다. 엄마는 차선을 바꾸더니 갑자기 불법 유턴을 시도했다. 반대편 차선의 차들이 황급히 브레이크를 밟았다. 다시 도로 곳곳에서 경적이 울려퍼졌고 멀리서 보이던 집이 멀어져갔다.

차는 어느새 고가도로로 진입했다. 도로 위 표지판에 '인천'이라는 글자가 보였다. 뭔가 불길한 예감이 들었다. 나는 아무 일도 없었던 것처럼 엄마에게 물었다.

"어디로 가는 거야?"

엄마는 대답하지 않았다. 나는 다시 물었다.

"어디로 가는 거냐니까."

"……죽으러."

엄마는 가끔씩 이렇게 귀엽다. 나는 코웃음을 치며 말했다.

"죽는 게 장난이야?"

"넌 지금 내가 장난치는 걸로 보이니?"

그런 거 같은데……

차는 톨게이트를 지나 인천 시내로 진입했다. 처음엔 엄마가 허세를 부리는 줄 알았는데 시간이 흐를수록 긴가민가했다. 그래서 나는 엄마를 시험해볼 겸 차창을 열어 고개를 내밀었다. 찬바람이 얼굴을 때렸다. 나는 입을 크게 벌린 뒤 목청이 찢어져라 소리를 질렀다.

"살려주세요!"

인도를 걷던 행인들이 고개를 돌렸다. 나는 그들을 향해 손까지 흔들며 다시 살려달라고 소리를 질렀다. 입안으로 찬바람이 들어오고 답답했던 속이 후련해졌다. 그러나 이런 기분 좋은 느낌도 잠시, 나는 황급히 차 안으로 고개를 집어넣었다. 엄마가 제멋대로 차창을 올린 것이다. 하마터면 차창에 목이 껴서 질식사할 뻔했다. 아, 엄마는 정말로 장난이 아니었다. 어딘가에서 뉴스를 진행하는 아나운서의 목소리가 들려왔다. 참으로 안타까운 소식이 아닐 수 없습니다. 경기도 안양시에 거주하는 박모씨와 그녀의 아들인 김모군이 오늘 새벽, 인천 앞바다에서 추락사했다는 소식입니다. 경찰은 단순 사고인지 자살인지를 놓고 수사를 벌이는 가운데……

어린 시절, 텔레비전에 내가 나왔으면 정말 좋겠네, 라는 노래를 자주 흥얼거리기는 했지만, 죽어서 나오는 모습을 상상하며 부른 적은 한 번도 없다. 세상의 어떤 어린이가 자신의 죽음을 상상하며 그 노래를 부른단 말인가……

결국 나는 조그마한 목소리로 잘못했다고 말했다. 엄마는 말없이 계속 차를 몰았다. 화가 나서 핸들을 확 꺾고 싶었지만 그럼 진짜로 죽을 것 같아서 나는 핸들 대신 엄마의 팔뚝을 쥐었다. 그리고 비굴하게 목숨을 구걸했다. 나는 지구에서 엄마를 가장 사랑하며 죽고 싶다는 말은 반어법이었다고, 나는 세상의 어느 누구보다도 살고 싶다고…… 내가 그렇게 한참을 애원하자 엄마가 갓길에 차를 세웠다.

"말해. 앞으로 학원 다닐지. 아니면 오늘 엄마랑 죽을지."

아, 내가 햄릿의 독백을 읊조리게 될 줄이야…… 사느냐, 죽느냐, 그것이 문제였다. 나는 쉽사리 대답하지 못했다. 살고는 싶은데 학원을 다니기는 싫었으니깐. 내가 머뭇거리자 엄마가 다시 핸들에 손을 올렸다. 나는 다급하게 소리를 질렀다.

"다닐게!"

깨갱…… 결국 나는 꼬리를 내렸다. 엄마는 뭔 의심이 그리 많은지 계속해서 같은 질문을 퍼부었다. 그리고 그때마다 나는 학원을 다니겠다는 말을 반복해야만 했다. 어떻게? 열심히, 최선을 다해서, 문제집을 씹어 먹을 기세로, 포기는 배추 셀 때만 쓰겠다고…… 나를 노려보던 엄마의 얼굴이 조금씩 무너져내렸다. 그러더니 엄마는 눈물을 글썽이며 처량하게 말했다.

"너는 엄마가 불쌍하지도 않니……?"

엄마 눈가에 고인 눈물이 주르르 빰을 타고 흘러내렸다. 엄마는 핸들에 고개를 묻고 한참을 울었다. 들썩이는 엄마의 어깨를 보자 어느새 내 눈가에도 눈물이 고였다. 그때 나는 나지막이 혼잣말을 내뱉었다.

"그럼 나는……"

아, 대체 나는 불쌍하지 않은가 말이다. 세상에 하나뿐인 아들을 제멋대로 학원에 보내고, 다니지 않으면 살해하겠다는 협박이나 하고 말이다. 왜 엄마는 자기만 불쌍하다고 생각하는 걸까…… 내가 너무 가여웠다. 나 역시 엄마처럼 눈물이 흘렀다. 엄마와 나는 그렇게 한참을 울었다. 그리고 내 눈물이 잦아들 무렵, 엄마는 나를 꼭 껴안은 뒤 다시 집으로 차를 몰았다.

집으로 가는 동안 엄마와 한마디도 나누지 않았다. 집에 가까워질수록 엄마가 괘씸해졌다. 그래, 까짓것 특목고를 가는 거다. 그래서 합격 발표가 나는 날, 엄마가 나라 아줌마를 불러내서 호호, 요새 달러값이 얼마라구? 이런 말을 하며 즐거워하는 동안 베란다에서 뛰어내리는 거다. 나는 이런 생각을 하며 높이 솟은 아파트를 바라봤다. 1층. 2층. 3층. 4층. 5층. 6층. 7층. 8층. 9층. 9층에서 뛰어내리면 살아나진 않겠지. 우리집이 9층이라 참으로 다행이었다.

학원 2

1

나는 전생에 나폴레옹이었다. 그렇지 않고서는 두 달의 방학을 설명할 길이 없다. 두 달이라는 시간은 정말이지 싸움의 연속이었다. 나는 전쟁터로 향하는 군인처럼 아침마다 학원으로 향했다.

아침 일곱시에 일어나 밥을 먹고 여덟시까지 아파트 입구에서 학원 차를 기다렸다. 학원 차는 나를 태우고 무려 한 시간 동안 다른 아이들을 태웠다. 아, 왜 하필이면 나를 제일 먼저 태우는가!

학원으로 향하는 한 시간은 고역이었다. 아이들은 그 덜컹거리는 차 안에서 문제집이나 영단어집을 펼쳐놓고 공부를 했다. 나는 정신 건강과 시력 보호를 위해 부족한 잠을 청했다.

아홉시쯤 학원에 도착하면 곧장 국어 수업이 시작됐다. 가시지 않은 졸음을 억지로 삼키며 일제 강점기 때 씌어진 문학작품들을 읽노라면 삼켰던 졸음이 역류했다. 절로 눈꺼풀이 감겼다. 그럴 때면 꿈에 김소월과 이육사가 찾아오곤 했다. 가끔은 그들 대신 윤동주와 한용운이 찾아올 때도 있었다. 윤동주와 한용운은 나를 보며 뜻 모를 소리를 주고받았다.

내 저 아이의 설움을 알 길이 없다만 짐작건대 나라를 잃은 우리의 설움과 별다름이 없어 보이오. 가여운 아이오. 가여운 세상이지요…… 해경*은 어찌 지내오. 그 친구 날개가 되었소. 허허, 그리 바라더니 결국은 그리됐구려. 그래도 멀리는 못 갔을 게요…… 동주, 그대는 정녕 「서시」를 쓰며 현실이니, 소망이니, 삶의 목표니, 대비적 시어니 따위를 염두에 둔 게요? ……가여운 세상이지요. ……만해는 요새 시 좀 쓰오? 나는 내가 쓰는 것이 시인지 당최 모르겠소. 하하, 그것이 우리의 슬픈 천명(天命) 아니겠소. 그새 농이 늘었구려. 내가 그들에게 다가가 무슨 말인지를 물어보려 하면 항상 그 타이밍에 맞춰 분필이 날아왔다. 잠에서 깨면 졸음은 가셨지만 아리송한 기분이 가득했다.

그러나 꿈에 나온 그들의 대화를 곱씹을 여유가 없었다. 국어 수업이 끝나면 곧바로 수학 수업이 시작됐다. 머리에 쥐가 나기 직전까지 삼각변의 높이와 제곱근의 덧셈과 뺄셈의 값을 구했다. 그러면 점심시간이 찾아왔다.

점심은 학원 근처에 있는 맥도날드나 롯데리아에서 해결했다. 패스트푸드점은 늘 만원이었는데 그곳에서도 햄버거를 삼키며

---

* 이상의 본명.

문제집을 펼치는 사람들이 있었다. 그 모습을 보면 입맛이 달아나고 체증이 일었다. 나는 고개를 숙이고 핸드폰을 꺼내 오늘의 뉴스 따위를 보며 햄버거를 삼켰다.

점심을 먹고 학원으로 돌아가면 대망의 영어 수업이 시작됐다. 아…… 이건 정말이지 고역이었다. 무슨 뜻인지도 모르는 정관사니, 고유명사니, 부정사니, 접속사의 용법이니 하는 문법을 시작으로 리스닝과 독해 수업이 이어졌다. 그렇게 영어 수업까지 끝이 나면 어느새 해가 저물어 있었다. 그럼 아이들은 학원 앞에 주차되어 있는 학원 차나 부모의 승용차에 몸을 실었지만 나는 그럴 수가 없었다. 나는 근처의 패스트푸드점에서 저녁을 먹은 뒤 학원으로 돌아와서 홀로 보충수업을 들어야 했다. 내 보충수업은 영어 선생이 지도했는데 선생은 낮에 했던 수업을 기계처럼 반복했다. 만약 그가 여자였다면 학원이 아니라 내비게이션 회사에 취직했을 게 분명했다.

선생의 설명이 끝나면 나는 독해집을 펼쳐놓고 홀로 공부를 시작했다. 독해집은 시사, 연예, 과학, 인물, 역사, 건강으로 이루어진 지문이 챕터별로 나뉘어 있었다. 한 지문당 네다섯 개의 문제가 있었는데, 문제집 첫 장의 설명에 따르면 한 지문에 실린 문제를 1분 30초 안에 풀어야 한다고 했다. 그러나 내 실력으론 1분 30초 안에 문제를 푸는 것은 고사하고 지문을 해석하기에도 벅찼다. 어떤 지문은 해석하는 데 10분 이상이 걸리기도 했다. 그렇게 나는 끙끙거리며 영어와 사투를 벌였다. 그리고 밤 열시가 되면 학원 밖에 주차된 엄마 차에 몸을 실었다.

가끔 집으로 돌아가는 차 안에서 문을 열고 도로에 몸을 던지고 싶은 충동을 느끼곤 했다.

2

이른 아침, 밥을 먹자마자 엄마가 한약을 내밀었다.

"성준아. 공부는 체력 싸움이야. 이거 마시면 체력도 늘고 머리도 맑아질 거야."

학원을 관두면 절로 체력이 늘고 머리가 맑아질 텐데…… 나는 엄마가 내민 한약이 사약이기를 바랐다. 그러나 한약은 쓰기만 할 뿐 사약은 아니었다. 머리가 맑아지는 게 아니라 더 어지러워졌다. 굳이 약의 효능을 하나 꼽자면 그건 바로 졸음 깨기. 나는 혓바닥에 달라붙은 쓴맛을 앞니로 긁으며 허공에 침을 튀겼다.

엄마가 내가 쥔 그릇을 뺏어 들며 물었다.

"너 경기고등학교라고 알아?"

뭐, 경기도에 있는 고등학교겠지. 내가 고개를 끄덕이자 엄마는 의외라는 눈치였다. 엄마는 그럼 경기고등학교 출신들은 아느냐고 물었다. 그걸 무슨 수로 안단 말인가. 고개를 가로젓자 엄마는 유명한 정치인, 고위 공무원, 법조인, 기업인 등 지금 세상을 이끌어가는 사람들이 모두 경기고등학교 출신이라고 했다. 그러면서 내가 엄마 나이가 될 때면 특목고 출신들이 그 자리를 차지할 테니 무조건 특목고에 가야 한다고 말했다. 아, 그런 이유로 나를 학원에 보냈다니…… 참 일찍도 알려주네. 지금이라도 알려줘서 다행이었다. 내가 학원을 관둘 이유가 생겼으니깐 말이다. 나는 세상을 이끌어나갈 생각이 없다. 내가 프로메테우스처럼 인간을 지독하게 사랑하는 것도 아니고 뭣하러 그런 고생을 사서 한단 말인가. 나는 엄마에게 세상을 이끌어나갈 생각이 없다고 말했다. 자, 그럼 엄마는 성준아, 엄마를 용서하렴. 그동안 모자간의 대화가 참으로 모자랐구나. 그래, 그럼 성준이는 커서 뭐가 되고 싶니?라고 물어야 정상 아닌가. 엄마는 내 말을 듣자 무시무시한 표정을 지었다. 나는 엄마가 다시 죽으러 가자고 할까봐 재빨리 집을 나섰다.

학원으로 가는 차 안에서 엄마의 말이 떠올라 핸드폰을 꺼내 경기고등학교를 검색했다. 그리고 나는 깜짝 놀라서 고개를 뒤로 젖혔다. 이럴 수가, 엄마가 거짓말을 하지 않을 때도 있다니…… 믿고 싶지 않았지만, 엄마의 말은 사실이었다. 대법관을 지내고 대통령 후보로 세 번이나 출마했던 정치인을 비롯해 적지 않은 대기업의 임원들이 경기고등학교 출신이었다. 나는 고개를 돌려 차 안에서 문제집을 푸는 아이들을 살폈다. 그러니깐 이 꼬맹이들이 미래의 대한민국을 이끌어간다고……? 이중에서 스티브 잡스나 빌 게이츠 같은 인물이 나올지도 모르고……?

나는 내 옆자리에 앉아 수학 문제집을 푸는 아이를 바라봤다. 나와 함께 수업을 듣는 초등학교 5학년 여자아이였는데 공부하는 모습이 마치 서울대를 준비하는 수험생처럼 보였다. 나는 여자아이에게 너 경기고등학교라고 들어봤니, 라고 물었다.

"아, 뭐래는 거야, 짜증나게."

여자아이는 이 말을 내뱉으면서 이어폰을 꽂고 등을 돌렸다. 그리고 무슨 말인가를 궁시렁거렸다. 아…… 이런 빌어먹을 계집애. 네가 여자로 태어난 걸 감사히 여겨라. 만약 네년이 남자였다면…… 그래도 어깨만 쳐다보겠지. 그러면서 네가 초딩인 걸 감사히 여겨라, 라고 중얼거렸겠지. 이상하게도 학원을 다니기 시작한 뒤부터, 나는 초딩들을 함부로 대하지 못했다. 나를 쳐다보는 초딩들의 시선이 무섭게 느껴질 때도 있었다. 아, 나는 초딩이아니라 중딩인데…… 우리나라는 법 앞에서 모두가 평등한 민주주의국가인데…… 그리고 그전엔 윗사람을 공경하던 유교 국가였는데…… 학원을 다니기 시작한 뒤로 내가 알고 있던 기준이나 상식이 무너져갔다. 그러니깐 모든 게 엉망진창이었다는 거다.

높이 솟은 고층 빌딩. 도시의 전경이 한 폭의 그림처럼 펼쳐진 전망 좋은 사무실이다. 그 사무실 안에 나와 쪽지를 던진 초딩이 서 있다. 우리는 양복을 입고 있다. 나는 공손하게 두 손을 모으고 초딩 앞에 서 있다. 초딩은 내게 삿대질을 하며 욕을 퍼붓더니 갑자기 내 얼굴에 서류 뭉치를 던진다. 이런 때려죽일, 찢어 죽일, 말려 죽일, 접시에 코를 처박아 죽일, 개씨발 초딩 새끼. 그러나 나는 이 말 대신 죄송하다는 말을 내뱉는다. 그때 갑자기 벌컥 사무실 문이 열리더니 누더기를 입은 프로메테우스가 등장한다. 그의 손에는 쇠사슬이 들려 있다. 그는 손에 쥔 쇠사슬로 내 팔과 다리를 결박한다. 온몸이 끊어질 것처럼 아프다. 그때 갑자기 유리창을 뚫고 독수리 한 마리가 나를 향해 돌진한다. 그런데 어랏…… 독수리가 아니라 독수리만한 분필이잖아.

잠에서 깨니 국어 선생과 아이들이 한심한 눈빛으로 나를 바라보고 있었다. 선생은 한숨을 내쉬다가 물었다.

"넌 커서 뭐가 될래."

"……프로메테우스요."

내가 말해놓고도 어이가 없어서 웃음이 터졌다. 초딩들도 웃었다. 선생도 웃었다. 간만에 웃음이 가득한 시간이었다. 그러나 이런 화기애애한 분위기도 잠시, 선생은 표정을 싹 바꾸더니 초딩들을 향해 이렇게 말했다.

"너넨 절대 저렇게 되지 마라."

초딩들은 조금 전보다 더 크게 웃음을 터뜨렸다.

3

녹초가 된 몸을 이끌고 학원 앞에 주차되어 있는 엄마 차로 향했다. 차문을 여니 시트 위로 책들이 가득 쌓여 있었다. 보나마나 또 『여성이여, 당당해져라』『새로운 시작』『성공하는 여자들의 습관』『오늘도 상처에서 머물고 있습니까?』『나는 아무것도 잃어버리지 않았다』 같은 책들이겠지. 엄마는 늘 이런 책들을 읽었다. 엄마는 한번, 어느 책에서 옷을 젊게 입으라는 구절을 읽고는 옷가게로 달려가서 여대생들이나 입는 옷을 사온 적도 있었다. 당시 여대생들 사이에는 도트 패턴 블라우스가 유행이었는데, 엄마가 그 옷을 입자 버섯 캐는 아줌마로 변신했다. 이것뿐만이 아니다. 책에서 시키는 건 뭐든 했다. 잠들기 전에 와인 한잔, 등산, 요가, 수영, 헬스, 요리, 조깅 등등. 그러나 무엇 하나 오래가지는 않았다. 사실 엄마가 어디 가서 말을 좀 창피하게 하는 것도 엄마가 읽은 책들의 영향이다. 어느 책에선 선의의 거짓말은 필요하다고 하고, 다른 책에선 어차피 들통이 날 테니 거짓말을 하지 말라고 하고, 웃음을 잃지 말라고 했다가 또 어디선 웃음은 상대방이 만만하게 볼 수 있으니 삼가라고 하고, 이러니 행동이 이상하지 않은 게 더 이상할 노릇이었다. 나는 엄마가 이번엔 또 무슨 부끄러운 짓을 할까 걱정하며 시트 위에 있는 책들을 뒷좌석으로 옮겼다. 그런데 책 제목이 이상했다. 그동안 엄마가 읽던 책들과 달랐다. 시트에 있던 책들은 『특목고를 보낸 엄마들의 교육법』『대통령의 어머니들』『좋은 부모 되기 2주 프로젝트』『현명한 엄마의 아이가 성공한다』『성공하는 아이의 부모들』『우리 자녀 특목고 보내기 대작전』이란 제목을 달고 있었다. 아, 엄마가 진짜로 나를 특목고에 보내려고 작정했구나. 절로 긴장이 됐다. 엄마가 다시 인천으로 차를 몰며 협박할 것만 같았다. 너 당장 말해. 세상을 이끌어나갈 사람이 될지, 아니면 엄마랑 죽을지. 그러나 그런 일은 일어나지 않았다. 대신 더 끔찍한 일이 일어났다. 엄마가 전과 달리 이상하게 굴었다. 상냥한 말투로 오늘 점심엔 무얼 먹었니, 학원은 어떠니, 선생들은 어떠니, 학교 친구들은 방학인데 무얼 하고 지내니, 용돈이 부족하지는 않니 같은 질문을 해댔다. 분명 저

책들 중 어딘가에서 읽은 거겠지.

"앞으로 질문 같은 건 영어로만 해줬음 좋겠어."

내 말을 듣자 엄마는 굳은 표정이 되어 입을 다물었다.

4

"음, 그러니까 삶은 행복에게 프로포션하다……?"

Is life expectancy proportional to happiness?

(인간의 수명과 행복은 비례할까?)

학원에 다닌 지 일주일이나 지났지만 내 실력은 제자리에서 맴돌았다. 나는 저 간단한 문장조차 제대로 해석하지 못했다. 영어 선생은 한숨을 내쉬었고, 아이들은 웃음을 터뜨렸다.

선생의 한숨은 들어줄 수 있었지만 내가 견딜 수 없었던 것은 바로 초딩들의 비웃음이었다. 아……, 학원에 다닌 뒤로 초딩들이 나를 멸시한다. 어떤 아이는 내가 허락하지도 않았는데 말을 놓기까지 했다. 이건 정말로 심각한 일이었다. 내가 초딩 땐 중고딩들에게 말을 놓는 건 상상하지도 못했다. 내가 얼마나 만만하게 보였으면…… 아이들에게 덧씌워진 내 이미지를 교정할 필요가 있었다. 그래서 나는 상상으로만 하던 짓을 행동으로 옮겼다. 쉬는 시간 틈틈이, 쪽지를 던진 초딩에게 시비를 걸었다. 눈이 마주치면 큰소리로 욕을 하거나 일부러 어깨를 부딪친 다음 꿀밤을 때렸다. 꿀밤을 때릴 땐 네가 5학년이라 다행인 줄 알어, 라고 말했다. 아이들을 쳐다볼 때는 항상 두 눈을 부릅떴다. 내 행동은 효과가 있었다. 아이들은 언제부턴가 나와 눈을 마주치지 않았고 버벅거릴 때도 웃지 않았다. 말을 놓던 아이들이 다시 높임말을 사용했다. 이쯤 되면 이런 행동을 관둬도 됐지만 하다보니 재미있었다. 왜 일진들이 이런 짓을 하는지 알 것만 같았다. 그리고 무엇보다 이런 행동을 관둘 수가 없었던 건, 학원에서 폭력을 사용하면 이유를 불문하고 무조건 퇴소였기 때문이다. 나는 강의실에 있는 아이들 중 그 누구라도 내 행동을 원장에게 일러바치기를 원했다. 그러나 내 바람과는 다르게 전혀 엉뚱한 일이 벌어지고야 말았다. 초딩의 반격이 이어진 것이다. 아, 이건 정말 예상하지 못한 일이었다.

그날도 다른 날과 마찬가지로 보충수업을 받기 전, 저녁을 먹으러 가는 길이었다. 맥도날드에 갈지 롯데리아에 갈지 갈팡질팡하는 사이, 쪽지를 던진 초딩이 등뒤에서 나를 불렀다. 초딩은 내게 긴히 할말이 있다고 했다. 내가 뭐냐고 묻자 초딩은 지금 이곳에선 곤란하니 다른 곳에서 이야기를 나누자고 했다. 나는 아무런 의심 없이 초딩을 뒤따랐다. 초딩은 오피스텔과 식당 사이의 비좁은 골목으로 나를 안내했다. 골목을 지날 때 지린내가 진동했는데, 괜스레 심술이 나서 초딩의 뒤통수를 툭툭, 쳤다. 초딩은 아무런 반항도 하지 않고 묵묵히 걷기만 했다.

어느덧 비좁은 골목을 지나 모퉁이를 꺾었을 때, 나는 열댓 명의 사람들이 모여 있는 것을 발견했다. 초딩은 순식간에 그들 곁으로 다가갔다. 자연스레 나는 열댓 명의 사람들과 마주서게 됐다.

"이 새끼야?"

그들 중 가장 덩치가 큰 녀석이 앞으로 나오며 말했다. 초딩이 녀석 옆에 서서 고개를 끄덕였다. 녀석의 키는 나와 엇비슷했지만 덩치가 내 두 배였다. 귀엔 피어싱을 했고 머리는 샛노랗게 염색했는데 중딩인지 고딩인지 분간할 수가 없었다. 녀석이 툭 찢어진 눈으로 나를 사납게 쏘아봤다. 나도 모르게 주눅이 들어서 눈을 내리깔려는 사이, 녀석이 다시 말을 내뱉었다.

"네가 내 친구한테 욕했냐?"

친구라니……? 우린 오늘 처음 본 사이잖아. 혹시 친구라면, 그러니깐 너의 친구가 쪽지를 던진 초딩이란 말이야? 그럼 네가 초딩이라고? 그러나 그럴 리가…… 요즘 애들이 아무리 발육이 빠르다지만 녀석의 얼굴은 절대로 초딩 얼굴이 아니었다. 그리고 만약 녀석의 말이 사실이라면, 그럼 녀석 뒤편에 서 있는 사람들도 모두 초딩이란 말인가. 나는 녀석 뒤편에 서서 나를 노려보고 있는 열댓 명의 사람들을 살폈다. 그들 중 몇몇은 담배를 꼬나물고 있었다.

"이 개새끼가…… 쫄았냐?"

녀석은 눈치가 빨랐다. 그때 나는 지독하게 겁을 먹었다. 내가 이 고딩 같은 초딩과 싸워서 이길 수 있을까…… 자신이 없었다. 사실 나는 태어나서 싸움을 한 적이 한 번도 없다. 싸울 상황이 몇 번 있었지만 그때마다 싸움은 미개한 짓이라며 애써 참아왔다. 왜 이런 말도 있지 않은가. 꽃으로도 때리지 말라고. 그러나 이번 만큼은 자신감을 갖기로 했다. 녀석은 기껏해야 초딩이 아닌가 말이다. 일단 욕으로 야코를 죽이기로 했다. 그리고 녀석의 야코가 죽으면 좋은 말로 토닥거려줘야지. 나는 이런 생각을 하며 욕을 퍼부었다. 그러나 내 예상과 달리 움츠러들 줄 알았던 녀석이 코웃음을 치며 말했다.

"너, 평촌중 김규남이라고 알지?"

ㄱ…… 기…… 김…… 규남이라고……? 알다마다. 내 또래에서 김규남을 모르는 사람은 아무도 없다. 김규남은, 그러니깐 김규남에게 맞은 사람들로만 공설운동장을 가득 채운다는, 맞은 사람 중엔 초딩, 중딩, 고딩, 대딩, 노약자, 임산부, 학교 수위 아저씨, 매점 아줌마, 모닝글로리 사장, 원클릭피시방 아르바이트생, 펌프노래방 여주인, 게임랜드오락실 사장, 담배를 팔지 않은 세븐일레븐 주인, GS25 아르바이트생, 미성년자의 출입을 거절한 녹원모텔 사장, 그리고 머리를 쓰다듬은 교감 선생도 있다는, 킥보드, 자전거, 오토바이, 자동차 등 바퀴가 달린 물건은 모조리 훔쳐본, 중학생이 저지를 수 있는 온갖 비행을 다 저질러서 유급을 당한, 그래서 후배지만 말을 섞으면 존댓말을 써야 하는, 지역의 조직폭력배에게 스카우트됐다는, 아니, 이미 조직폭력배라는, 아무튼 이름만 들어도 오금이 저리는 인물이었다. 나도 모르게 절로 고개가 끄덕여졌다.

"김규남이 우리 형이다, 씨발놈아."

녀석은 그 말을 내뱉은 뒤 내 얼굴에 주먹을 갈겼다. 김규남의 동생이어서 그랬을까. 나는 녀석의 주먹 한 방에 바닥으로 나뒹굴었다. 그게 신호였는지 초딩들이 쓰러진 내게 달려들어 발길질을 해댔다. 아, 그동안 나는 이런 고비들을 숱하게 넘겼다. 집으로 돌아가는 길에 일진들에게 끌려가 삥을 뜯긴 적은 있지만, 맞은 적은 한 번도 없었다. 일진들에게도 맞은 적이 없는 내가 초딩들에게 맞게 될 줄이야…… 초딩들의 발길질은 거침이 없었다. 그리고 실로 교묘했다. 녀석들은 절대로 내 얼굴은 건드리지 않았다. 그러니까 이런 짓을 수없이 했다는 거다. 확실히 우리 때랑은 달랐다. 아, 세월이여……

아마 백 대쯤 맞았을 거다. 의식이 가물거릴 무렵, 초딩들의 발길질이 잦아드는 것을 느꼈다. 설마 내가 죽은 걸까…… 그럼 여긴 천국인가, 지옥인가, 이런 생각을 하고 있을 때 멀리서 고함 소리가 들려왔다. 다행히 저승사자는 아니었고 경비복을 입은 아저씨였다. 아저씨는 욕을 퍼부으며 우리를 향해 달려오고 있었다. 아…… 나는 아저씨가 반가워서 눈물이 흐를 지경이었다. 이 개씨발 초딩 새끼들, 너넨 다 뒤졌다. 나는 재빨리 바닥에서 일어나 아저씨 곁으로 다가갔다. 그리고 다시 바닥으로 고꾸라졌다. 우리 앞에 도착한 아저씨가 다짜고짜 내 귀싸대기를 후려친 것이다.

"대가리에 피도 안 마른 새끼들이 담배나 피우고 말이야."

아저씨는 내 구레나룻을 잡아당기며 바닥에 떨어진 담배꽁초와 가래침을 가리켰다.

"아니, 그게 아니고요. 이 형이 우리를 부르더니 삥을 뜯잖아요. 같이 있던 형들은 좀 전에 담배 사러 갔어요."

김규남의 동생이 아저씨를 보며 태연하게 거짓말을 했다. 아저씨는 그 말을 듣자마자 다시 손바닥을 날렸다. 그러면서 삼청교육대가 부활해야 한다느니, 전교조는 빨갱이라니 같은 소리를 해댔다. 나는 자초지종을 설명하려 했지만 이상하게 아무 말도 나오지가 않았다. 말 대신 눈물이 흘렀다. 그 순간 나는 억울했고, 창피했고, 모욕감을 느꼈고, 죽고 싶었다. 아저씨는 내 눈물에도 아랑곳하지 않고 어느 학원엘 다니니, 학교는 어디니, 부모는 뭐하는 사람이니 같은 질문을 퍼부으며 내 구레나룻을 더 세게 잡아당겼다. 나는 그렇게 한참 동안 욕을 듣다가 아저씨를 밀치고 그 자리에서 도망쳤다. 등뒤에서 멈추라는 소리가 들렸지만 멈추지 않았다. 골목길 모퉁이를 지나 벽에 어깨를 부딪치고, 또 한번은 넘어지면서도 쉬지 않고 달렸다. 그렇게 달리는 동안, 땀인지 눈물인지 모를 무언가가 내 볼을 타고 흘러내렸다.

얼마나 달렸을까, 다리가 후들거리고 폐가 터질 것만 같았을 때 나는 달리기를 멈추고 뒤를 돌아봤다. 그 순간, 나는 말로만 듣던 학원가의 실체를 목격했다. 대치동과 더불어 대한민국 사교육의 중심지라 불리는 바로 그곳을.

해는 저물어서 자취를 감췄지만 학원가는 낮보다 더 밝게 빛나고 있었다. 미로처럼 늘어선 건물들과 도로 위로 빼곡하게 주차된 자동차들. 소형차부터 버스까지, 마치 명절 연휴의 고속도로처럼 자동차의 행렬이 끊이질 않았다. 그리고 그 차들에서 쉴새 없이 사람들이 타고 내렸다. 그들은 여름날의 하루살이처럼 불빛을 향해 걸어갔다. 영어, 수학, 과학, 논술, 입시, 미용, 미술, 요리, 실용음악, 태권도, 합기도, 세상에 존재하는 모든 종류의 학원이 그곳에 있었다. 그리고 그 순간, 나는 어떤 예감에 사로잡혔다. 학원가에 한번 발 디딘 이상, 뭔가를 배우지 못한다면 평생 이곳에서 허우적거릴 것만 같은. 마치 늪에 빠진 것처럼. 나는 넋을 잃은 채 그 광경을 하염없이 바라보았다.

5

보충수업은 저녁 일곱시부터 시작이었지만, 나는 여덟시가 넘어서야 강의실에 도착했다. 그러나 영어 선생은 왜 늦었는지, 그동안 뭐했는지, 그 간단한 질문조차 하지 않았다. 그는 교재를 펼쳐놓고 낮에 했던 설명을 그대로 반복했다. 그러나 내비게이션 알림음 같은 선생의 설명이 귀에 들어올 리 없었다. 그때 내 머릿속은 온통 초딩 생각뿐이었다. 아, 내일 무슨 낯짝으로 초딩을 본단 말인가…… 절로 내 앞날이 그려졌다. 나는 이제 초딩과 눈이 마주칠 때마다 먼저 눈을 내리깔아야겠지. 초딩은 함께 수업을 듣는 아이들에게 소문을 낼 테고, 아이들은 다시 말을 놓을 거고, 내가 버벅거릴 때면 전보다 더 크게 웃음을 터뜨리겠지. 그리고 운이 나쁘면 개학한 뒤 김규남의 빵셔틀이 될지도 모르고……

"아악!"

나도 모르게 비명이 터져나왔다. 선생은 설명을 멈추고 나를 빤히 쳐다봤다. 아주 긴 침묵이 흘렀다. 만약 그때 선생이 무슨 일이냐고 물었다면 나는 모든 것을 털어놨을지도 몰랐다. 물론 선생에게 뾰족한 대책이 있다고 생각하지는 않았다. 기껏해야 원장이나 엄마에게 이 사실을 알리는 게 전부겠지. 그것만으로는 아무런 문제도 해결되지 않는다. 오히려 상황이 더 악화될 게 분명했다. 나는 바보가 아니다. 어른들과 마찬가지로 우리도 우리만의 세계가 있다. 우리가 어른들의 세계로 침입할 수 없듯 어른들역시 우리의 세계로 침입할 수 없다. 이것은 학교가 바뀌고, 선생이 바뀌고, 부모가 바뀌고, 교육감이 바뀌고, 국회의원이 바뀌고, 시장이 바뀌고, 도지사가 바뀌고, 대통령이 바뀌고, 나라가 바뀌어도, 불멸할 진리다. 그럼에도 내가 선생에게 모든 것을 털어놓고 싶었던 건, 내가 그것들을 잊을 만큼 다급했기 때문이다. 지푸라기라도 잡고 싶은 심정 말이다. 그러나 선생은 무슨 일이냐는 말 대신 엉뚱한 말을 내뱉었다.

"너네 어머니는 대체 무슨 일을 하시냐."

선생의 머릿속엔 뭐가 들었을까. 나는 한참을 머뭇거리다가 주부라고 대답했다. 내 말은 사실이었다.

"그럼 아버지는."

사실 선생이 엄마에 대해 물어봤을 때부터 나는 아빠에 대해서도 물을 것 같은 불안감을 느꼈다. 나는 선생의 질문에 대답하지 않았다. 아니, 대답할 수 없었다. 왜냐면 내가 아빠에 대해 아무것도 모르기 때문이다. 없으면 없다고 할 텐데, 살아 있기는 하니깐 뭐라고 대답해야 할지 몰랐다. 그러나 사실은 없는 거나 매한

가지라고도 할 수 있다. 그 흔한 운동회, 입학식, 졸업식, 생일, 어린이날, 명절, 크리스마스에도 아빠를 볼 수가 없었다. 그래도 유치원을 다닐 땐 희미하게나마 있었던 것도 같은데 초등학교에 입학한 뒤론 그마저 볼 수가 없었다. 그래서 한번은 엄마에게 아빠는 어딨어, 라고 물은 적이 있다. 그때 엄마가 드라마나 영화의 한 장면처럼 눈물을 뚝뚝 흘리며 너희 아버지는 저 멀리 개발도상국에 계신다, 라고 말했으면 좋으련만 그러지 않았다. 엄마는 그때 앞으로 그 새끼 얘긴 꺼내지도 마! 걘 네 아빠도 아니야!라고 소리를 질렀다. 그날 이후, 나는 무슨 일이 있어도 엄마 앞에서 아빠라는 단어를 꺼내지 않는다. 그렇다고 아빠를 아예 보지 못한 건 아니다. 그러니까 가스 점검을 온 아저씬 줄 알았는데 아빠인 경우가 몇 번 있었다. 아빠는 정말이지 딱 가스를 점검하는 시간만큼 머물다가 다시 사라졌다. 그리고 그 모습마저 재작년부턴 볼 수가 없었다. 작년 가을에 엄마가 이혼 소식을 알려줬을 때, 아참, 나한테도 아빠가 있었지, 라고 생각했으니 이 정도라면 없는 거나 마찬가지 아닌가 말이다. 다만 내가 궁금한 것은 아빠가 정말 내 아빠일까, 라는 거다.

"그래도 넌 부모 잘 만나서 평생 돈 걱정은 없겠구나."

선생이 마치 5백 년은 산 사람처럼 말했다. 선생의 말을 듣자 기분이 나빴지만 곰곰이 생각해보니 틀린 말은 아니었다. 아빠는 엄마와 이혼할 때 할아버지에게 물려받은 7층짜리 빌딩과 지금 살고 있는 집을 위자료로 건넸다. 엄마가 학원비로 2백만 원을 내면서도 주부로만 생활할 수 있는 건 빌딩에서 나오는 월세 때문

이다. 정확한 액수는 알지 못하지만 돈 때문에 고달픈 적은 한 번
도 없었다. 나는 마음만 먹으면 79만 원짜리 노스페이스 패딩을
색깔별로 살 수도 있다. 그렇게 하지 않는 이유는 하나뿐이다. 김
규남 같은 양아치들이 뺏어갈 테니깐.

"그런 거 같아요."

내 대답을 듣자 선생의 표정이 험상궂게 일그러졌다. 선생은
나를 때릴 것처럼 노려보더니, 강의실 문을 박차고 나갔다. 대체
무슨 까닭인지 알 수가 없었다. 그러나 어리둥절한 것도 잠시, 나
는 다시 침울해졌다. 초딩이 떠올랐기 때문이다. 아…… 이 개씨
발 초딩 새끼.

케빈

1

머리가 어지럽다고 했다. 눈이 빠질 것 같다고 했다. 온몸이 으
스스 춥다고 했다. 열이 나는 것 같다고 했다. 속이 메슥거린다고
했다. 토를 할 것 같다고 했다. 꿈에서 강을 봤는데 그 강이 요단
강 같다고 했다. 그리고 그 강 너머에서 돌아가신 외할아버지가
손짓을 했다고 했다. 그러니까 이게 다 학원에 갈 수 없다는 말이
었다. 엄마는 혼신을 담은 내 연기에 속아 걱정스러운 표정을 지
으며 손으로 내 이마를 짚었다.

"열은 안 나는 것 같은데……"

날 리가 없지. 나는 계속 마른기침을 해댔다. 치아를 부딪치며
턱까지 덜덜 떨었다면 더할 나위가 없었겠지만 그것까진 무리였
다. 엄마는 나를 일으켜세운 뒤 옷을 입혔다. 그러면서 병원에 가
자고 했다. 나는 병원까지 갈 필요는 없고 약 먹고 푹 자면 나을

것 같다고 했다. 그러나 엄마는 계속 병원에 가자고 고집을 부렸다. 나 역시 병원엔 안 가겠다고 고집을 부렸다. 그러자 엄마가 병원에 가기 싫으면 학원에 가라고 말했다. 나는 아들이 아파서 사경을 헤매는데 어떻게 학원을 가라는 소리가 나오냐며 엄마를 꾸짖었다. 그러나 엄마는 아랑곳하지 않았다. 그렇게 엄마와 한참 동안 실랑이를 벌이다가 결국 나는 학원 대신 병원을 택했다. 아, 너무 심하게 엄살을 부리는 게 아니었다.

엄마와 나는 진료가 시작되는 아홉시까지 병원에 도착했지만 병원은 아침부터 만원이었다. 예약을 하지 않아서 진료를 받으려면 두 시간 가까이 기다려야 했다. 그리고 나는 그 두 시간 동안 아픈 척을 하느라고 진땀을 흘렸다. 나중엔 정말로 힘이 들어서 열이 나는 것 같았다.

두 시간이 지나자 내 이름을 불렀다. 엄마와 나는 진료실로 들어갔다. 의사는 머리가 벗겨진 사십대 중반의 사내였는데 내가 의자에 앉자마자 증상을 물었다.

"감기인 거 같아요⋯⋯"

의사는 내 말을 듣자마자 내 귓구멍으로 체온계를 쑤셔넣었다. 따끔한 느낌도 잠시, 띡, 하는 소리가 들려왔다. 37.5도. 나는 그때 엄살이 들통날 것만 같아 잔뜩 겁을 먹었다. 그러나 의사는 돌팔이였다. 의사는 감기몸살이라며 약을 처방해줄 테니 하루에 세 번, 식후 30분에 먹으라고 했다. 두 시간 동안 기다린 것치곤 무척이나 성의 없는 진료였지만 나는 의사의 오진만으로 충분히 기뻤다. 의사는 모니터에 시선을 고정한 채 약을 처방했다. 나는 의사에게 꾸벅 절하고 자리에서 일어났다.

"애가 학원에 가야 되는데 무리일까요……?"

엄마가 문 앞에 서서 의사를 향해 이렇게 물었다. 의사는 나를 바라보더니 무심하게 대답했다.

"무리는 아닐 겁니다."

아…… 속았다. 의사는 돌팔이가 아니었다. 엄마는 환하게 웃으며 나를 데리고 진료실 밖으로 나갔다.

약국에서 약을 타는 동안, 엄마는 학원에 전화를 걸었다. 엄마는 내가 몸이 안 좋아서 병원에 왔다고, 그러나 크게 걱정은 말라고, 점심을 먹은 뒤에 갈 거라고 말했다. 약을 탄 뒤에 우리는 근처의 식당에서 아침 겸 점심을 먹었다. 나는 숟가락을 들지 않았다. 학원에 갈 생각을 하자 절로 입맛이 달아났다. 엄마는 내 속도 모른 채 아플수록 잘 먹어야 한다며 내 밥 위로 반찬을 올려놓았다. 나는 엄마나 많이 먹으라고 말한 뒤에 자리에서 일어나 차로 향했다.

엄마는 정말 학원으로 차를 몰았다. 나는 엄마에게 수업을 듣기엔 몸이 너무 아프다고 말했다. 그러면서 의사가 돌팔이인 것 같으니 다른 병원에 가보자고 했다. 엄마는 내 말을 듣지 않았다. 나는 화가 나서 내 몸은 내가 제일 잘 안다고 소리를 질렀다. 아, 그때 소리를 지르는 게 아니었다. 엄마는 내가 소리지르는 걸 보니 벌써 다 나은 것 같다며 학원에서 열심히 수업을 들으라고 했다. 아주 드문 경우지만 가끔씩 이렇게, 1년에 한두 번 정도 엄마에게 허를 찔리곤 한다. 나는 할말을 잃고 입을 다물었다.

다문 입이 튀어나와 유리창까지 닿을 무렵, 차는 결국 학원 앞에 도착했다. 나는 차에서 내리지 않았다. 그때 나는 눈물을 흘렸다. 일부러 운 것은 아니다. 절로 눈물이 흘러내렸다. 초딩과 마주치는 게 무서웠고, 초딩을 무서워하는 내가 싫었고, 또 선생의 한숨과 나를 쏘아보는 눈빛, 아이들의 비웃음과 멸시, 그 모든 게 쓰나미처럼 밀려왔다. 그리고 내가 무엇보다 견딜 수가 없었던 건, 어린 시절부터 몸서리쳤던 그것…… 세상에 짐짝처럼 버려진 그 느낌…… 나는 학원에서 수업을 받을 때마다 늘 그것을 느끼곤 했다. 그때 내가 눈물을 흘린 것은 초딩에게서 비롯된 일이지만 초딩 때문만은 아니었다. 내가 계속 훌쩍이자 엄마는 당황해서 무슨 일이냐고 물었다. 그 순간, 어쩌면 지금이 기회일지도 모른다는 생각이 번뜩였다. 나는 눈물을 무기 삼아 엄마에게 학원을 다니기 싫다고 말했다.

"……많이 힘드니?"

엄마가 걱정스러운 표정을 지으며 물었다. 나는 재빨리 고개를 끄덕였다. 엄마는 한숨을 내쉬더니 차에서 내려 학원을 향해 걸어갔다. 나는 멀어지는 엄마의 뒷모습을 보며 그래도 엄마는 엄마구나, 라고 중얼거렸다. 엄마는 원장에게 학원을 관두겠다고 말하겠지. 그동안 엄마를 욕한 게 조금 미안해졌다. 올해 어버이날엔 카네이션을 달아줘야지.

2

"성준군. 자네는 지금 힘들다는 착각을 하는 중이야."

원장이 나를 보며 말했다. 엄마가 옆에서 고개를 끄덕였다. 카네이션은 개뿔, 헛된 희망을 품은 내가 병신이었다. 엄마는 내 눈물이 채 마르기도 전에 원장과 함께 차로 돌아왔다. 원장은 사악한 미소를 지으며 나를 데리고 상담실로 향했다. 상담실로 향하는 동안, 엄마는 나와 눈을 마주치지 않았다.

내가 상담실 소파에 앉자 원장이 다시 말을 꺼냈다.

"어쩌면 힘이 들 수도 있겠지. 사춘기엔 원래 그런 거니깐. 하지만 다른 아이들도 성준군과 마찬가지란 걸 알아야 해."

엄마가 맞장구를 쳤다.

"맞아요. 성준이가 요즘 사춘긴 거 같아요. 얘가 어릴 땐 참 조용하고 착했는데 요샌 말대꾸도 하고……"

원장과 엄마의 말은 웃기지도 않았다. 내가 지금 힘이 드는 게 고작 '사춘기' 때문이라고? 어른들은 늘 그렇게 편리한 단어를 발명해서 자기들 멋대로 판단하고 또 외면한다. 내가 아무런 말이 없자 원장이 계속 말을 이었다. 원장은 남자라면 자고로 큰 야망을 품고 이름을 널리 알려야 한다고 말했다. 아, 그래서 학원을 차리셨구나…… 계속 말을 하던 원장은 만약 내가 지금 이 순간을 이겨내지 못한다면 평생 아무것도 해내지 못할 거라는 협박까지 했다. 그리고 무척이나 비장한 말투로,

"성준군은 평생 쥐꼬리만한 월급을 받으며 살고 싶나?"

라고 물었다. 하하하, 누가 수전노 아니랄까봐. 그런 건 걱정 마세요. 엄마가 빌딩을 물려줄 테니깐.

내가 계속 말이 없자 원장은 내게 롤모델이 필요하다고 했다. 그러면서 내게 전직 국회의원이자 지금은 신문사의 CEO인 홍 뭐시기란 사람을 롤모델로 삼으라고 했다. 원장의 설명에 따르면 그는 어린 시절 케네디에게 깊은 감명을 받아 미국으로 유학을 떠났다. 그는 케네디의 모교인 미국의 사립 고등학교에 입학해서 학생회장에 당선된 후, 다시 케네디의 모교인 하버드에 입학했다. 그리고 하버드를 졸업한 뒤 고국으로 돌아와서 신문사를 운영하다가 국회의원에 출마해서 당선됐다. 원장은 홍 뭐시기란 사람이야말로 지금 이 시대를 살아가는 청소년들의 롤모델이며 내가 그의 치열한 노력을 본받아야 한다고 했다. 원장이 목에 핏대를 세우며 그의 찬양을 마치자 엄마가 원장을 보며 물었다.

"그런데 케네디도 보수였나요?"

엄마의 말을 들은 원장은 조금 당황한 기색이었다. 그러면서 꼭 그런 건 아니지만 어떻게 보면 그럴 수도 있다고 했다. 그게 무슨 개소리냐고 물어볼 틈도 없었다. 원장이 벌떡 자리에서 일어나 소파 뒤편에 있는 책장으로 향했다. 원장은 책장에서 책 몇 권을 꺼내서 내게 건넸다. 원장이 건넨 책은 홍 뭐시기란 사람이 젊은 시절에 쓴 책이었고 또 한 권은 그를 보며 꿈을 키웠다는 특목고 출신이 쓴 책이었다. 책을 살펴보니 곳곳에 밑줄이 쳐 있었다. 내가 책을 살피는 동안, 원장이 소파에 앉으며 다시 말을 꺼냈다.

"성준 어머님. 성준군은 과고나 외고보단 자사고가 유리할 것 같습니다."

"자사고요……?"

엄마는 자사고란 단어의 뜻을 모르고 있었다. 아, 그것도 모르면서 나를 특목고에 보내려고 했다니!

자사고란 '자립형 사립 고등학교'의 줄임말인데 원장의 설명에 따르면 대부분의 자사고는 입시에서 1학년 때 성적을 반영하지 않는다고 했다. 원장은 그 유명한 『수학의 정석』 저자가 설립한 상산고를 비롯해, 대기업에서 운영하는 여러 자사고를 설명했다. 그때 엄마는 아, 『수학의 정석』이요, 같은 말을 하며 아는 척을 해댔다. 그리고 나는 자사고고 나발이고 자살하고 싶었다. 죽는 것 외에는 학원에서 벗어날 방법이 떠오르지 않았다. 어쩌면 죽어서도 학원 근처를 떠돌지도 모르지. 이 몸이 죽고 죽어 일백 번 고쳐 죽어 백골이 진토되어 넋이라도 있든 없든 말이다.

3

처음 학원에 온 날처럼 원장은 나를 데리고 강의실로 향했다. 도저히 빠져나갈 구멍이 보이지 않았다. 기절이라도 하고 싶었지만 기절이라는 건 하고 싶다고 할 수 있는 일이 아니었다. 만약 할 수 있는 일을 할 수 있다면 뭣하러 기절을 한단 말인가. 학원을 폭파시키지. 그렇다고 기절한 척을 할 수도 없었다. 기절한 척은 한 번도 해본 적이 없어서 금세 들통날 게 분명했다. 강의실을 걸어가는 내 두 발에, 쇠사슬이 묶인 느낌이었다.

강의실 문이 열리고 아이들의 시선이 모두 내게로 쏠렸다. 그리고 그 시선들 가운데 가장 뜨거운 기운을 내뿜고 있던 아이는 당연히 초딩이었다. 아주 잠깐, 정말이지 찰나였지만 나는 보고야 말았다. 승리감에 도취된 초딩의 표정과 눈빛…… 나는 애써 초딩의 시선을 외면한 채 자리에 앉았다. 그리고 고개를 숙인 채 교재를 바라봤다. 그러나 교재를 바라보고 있어도 느낄 수 있었다. 나를 뚫어져라 쳐다보는 초딩의 시선을…… 분했지만 아무것도 할 수가 없었다.

"티철, 인생의 패배자가 영어로 뭔가요?"

아, 나는 어쩌다가 초딩 따위에게 인생의 패배자라는 말을 듣는 지경까지 이르렀는가. 초딩이 대뜸 수업하던 선생을 향해 이런 질문을 던졌다. 몇몇 아이들이 깔깔 웃음을 터뜨렸다. 초딩은 아이들의 반응에 신이 났는지 계속 혓바닥을 놀렸다.

"루져? 라이프 루져? 루절? 루절?"

그 순간, 놀라운 일이 벌어졌다. 선생이 초딩에게 다가가서 쥐고 있던 교재로 초딩의 머리를 내리찍은 것이다. 그것도 모서리로…… 초딩이 비명을 지르며 머리를 감쌌다. 그리고 웃음을 터뜨린 아이들도 몇 대 맞았다. 퍽퍽퍽. 선생은 계속 초딩의 머리를 내리찍었고 결국 초딩은 바닥에 쓰러졌다. 선생은 쓰러진 초딩에게 교재를 집어던지며 고함을 질렀다.

"이런 개쌍놈의 새끼들. 너네 부모가 아무리 돈이 많으면 뭐해. 자식새끼 교육도 제대로 못 시켰는데. 누군 시팔, 니 새끼들이 가고 싶은 서울대 안 나온 줄 알아?"

선생은 잔뜩 흥분한 채로 아이들을 향해 자기 이야기를 쏟아냈다. 선생은 자신이 우리처럼 부유하게 자랐다면 지금쯤 전 세계를 돌아다니는 외교관이 됐을 거라고 말했다. 맙소사, 내비게이션 회사가 아니라 외교통상부였다니……

계속 말을 하던 선생은 귀가 빨개졌고 나중엔 말까지 더듬거렸다. 선생은 자신이 군대에 있을 당시 아버지가 뇌졸중으로 쓰러진 이야기를 꺼내다가 입을 다물었다. 입은 다문 선생의 눈시울이 붉어졌다. 선생은 손바닥으로 눈시울을 훔친 뒤 칠판 앞으로 가서 칠판을 향해 주먹을 날렸다. 그러면서 계속 무슨 말을 중얼거렸는데 간간이 비명도 내질렀다. 맨 앞줄에 앉은 여자아이가 울음을 터뜨렸다. 울음은 전염병처럼 퍼져나갔다. 아이들이 하나둘씩 울음을 터뜨렸다. 칠판이 쾅쾅 울리는 소리와 아이들의 울음소리가 뒤섞여서 마치 공포영화에나 쓰일 법한 음악이 탄생했다.

얼마나 지났을까, 벌컥, 강의실 문이 열리고 원장이 들어왔다.

"야 이 새끼야. 너 지금 뭐하는 거야!"

원장이 무시무시한 표정을 지은 채 선생을 노려봤다. 원장과 눈이 마주친 선생은 동작을 멈추고 얼빠진 표정을 지었다. 그러면서 그게, 그게, 라는 말만 반복하다가 갑자기 울음을 터뜨렸다. 선생은 정말로 아이처럼 울었다. 원장은 그런 선생을 노려보다가 주위를 살폈다. 원장은 바닥에 쓰러진 초딩을 발견하고 녀석에게 다가갔다. 원장이 초딩을 일으켜세웠는데, 초딩이 쓰러진 자리에는 물이 고여 있었다. 나는 축축해진 초딩의 엉덩이를 보다가 다른 아이들처럼 울음을 터뜨릴 뻔했다. 아, 내가 저따위 초딩에게 겁을 먹었다니. 어쩌면 점심에 맥도날드로 데리고 가서 빅맥 몇 번 사주고 사이좋게 지낼 수도 있었을 텐데…… 원한다면 내 노스페이스 패딩도 선물하고……

원장은 우리에게 자습을 하라고 말한 뒤에 초딩을 데리고 강의실 밖으로 나갔다. 선생도 원장을 따라 강의실을 나갔다. 아주 잠깐 정적이 흘렀지만 곧이어 아이들이 모두 핸드폰을 꺼내들었다. 어떤 아이는 훌쩍이며 엄마를 찾았고 또 어떤 녀석은 친구에게 전화를 걸어 조금 전에 일어난 일을 설명했다. 다른 아이들은 삼삼오오 짝을 지어 선생과 원장에 대해 떠들었다. 아이들이 하는 말은 모두 제각각이었는데 누군가는 원장과 선생이 친척이라고 했고 누군가는 원장이 선생에게 손찌검을 하는 장면을 목격했다고도 했다. 또 선생이 서울대 출신이 아니라 서울에 있는 학교 출신이라고 했다.

그렇게 아이들이 열을 올리며 한 시간 정도 떠들었을 때, 강의실 문이 열리고 아줌마 한 명이 들어왔다. 처음엔 그저 학부형 중 한 명이겠구나 싶었는데 어딘지 낯이 익었다. 아이들이 그녀에게 인사를 건네고서야, 나는 그녀가 중학생 문법 담당 선생인 걸 알아차렸다. 그녀는 조금 전에 있었던 일을 모르는지 앞에 앉은 아이에게 무슨 일이 있었냐고 물었다. 앞에 앉은 아이는 조금 전에 벌어진 일을 장황하게 설명했다. 그녀는 아이의 말을 듣자 인상을 찌푸리며 말했다.

"그래도 걔가 대학교 땐 공부도 잘하고 과대도 하고 그랬는데…… 참, 웃겨. 그놈의 돈이 문제지."

아이들이 모두 그녀의 말에 관심을 기울였다. 그녀는 아이들이 자신의 말에 귀기울이는 것을 느꼈는지 웃으면서 이렇게 말했다.

"내가 별 얘길 다했네."

그러게 말이다. 왜 어른들은 굳이 하지 않아도 될 말을 하고서는 그제야 후회하는 걸까. 그녀는 조금 전에 자신이 내뱉은 말은 모두 잊어버리라고 말했다. 그러면서 교재를 펼치고 능숙하게 수업을 시작했다. 그러나 그 누구도 수업에 집중하는 것 같지는 않았다. 나 역시 마찬가지였다. 계속 어제 선생과 나눈 대화가 떠올랐다. 5백 년은 산 사람처럼 말했던 그의 말투와 나를 때릴 것처럼 노려보던 눈빛. 문득 영어 선생이 조금은 가엾다는 생각이 들었다. 깊은 사정은 알 수 없지만 정말 그의 집안이 부유했다면, 그는 지금쯤 전 세계를 돌아다니는 외교관이 되었을까. 그러나 아무리 노력해도 멋진 정장을 입고 유창하게 영어를 구사하는 선생의 모습은 그려지지 않았다.

그날 이후, 선생과 초딩이 학원에서 자취를 감췄다. 또 초딩 옆에서 깔깔거리던 녀석들도 학원을 관뒀는데 관둔 아이들만큼 새로운 아이들이 들어와서 학원을 다니는 아이들의 숫자는 예전과 같았다.

4

인생의 여러 문제는 예상치 못한 곳에서 벌어진다. 내가 초딩 따위에게 모욕을 당한 경우가 바로 그렇다. 그리고 이런 문제는 해결 역시 예상치 못한 곳에서 이루어진다. 영어 선생이 초딩을 사라지게 할 줄 그 누가 알았을까. 그것도 자신이 사라지면서 말이다.

그에겐 미안하지만 선생이 외교통상부가 아니라 학원에 취직한 것은 내 인생의 가장 큰 행운이었다. 만약 선생이 없었다면 나는 케빈을 만나지 못했을 테니까……

아, 케빈……! 나는 지금도 케빈이라 쓰고 힙합이라 읽는다. 케빈은 내 인생에서 가장 아름다운, 행복한, 감사한, 즐거운, 고마운, 기쁜, 세상에 존재하는 모든 형용사를 수식할 수 있는, 그러면서도 가슴 한편이 저려오는, 외로움과, 아련함과, 상실감과, 타는 목마름과, 뼈아픈 후회와, 이제는 닿을 수 없는, 마치 달 옆에 외로이 떠 있는 북극성처럼, 바다 한가운데 홀로 솟은 섬처럼…… 미안하다. 내가 횡설수설하는 것을 이해해달라. 케빈을 생각하면 나는 이렇게 정신줄을 놓는다. 정말이지 케빈은 내 인생의 가장 아름다웠던, 행복했던, 파도가 바다의 일이라면 케빈을 생각하는 것은 나의 일이었으며, 또 케빈은 나를 파괴할 권리를 가지고 있으며…… 아, 케빈……! 다시 정신줄을 놓을 것만 같다.

그러니깐 힙합은, 아니, 케빈은 내 보충수업을 지도하는 선생이었다. 내 보충수업은 영어 선생이 담당했는데 그가 사라진 뒤 원장이 급하게 새로운 사람을 구한 것이다. 원장은 엄마와 내게 케빈이 미국 유학파 출신이며 이런 젊고 유능한 선생에게 지도를 받는 건 커다란 행운이라고 했다. 원장의 말대로 그것은 정말이지 커다란 행운이었다.

아…… 나는 지금도 케빈과의 첫 만남을 잊을 수가 없다. 나보다 한 뼘 정도 큰 키에 삐쩍 마른 앙상한 몸. 그리고 그 몸에 어울리지 않게 통이 넓은 청바지와 무릎까지 오는 헐렁한 티셔츠. 목까지 기른 긴 머리칼. 목에 걸친 커다란 헤드폰. 그리고 이런 차림새보다 더 강렬했던, 보이지도, 만질 수도, 들리지도 않지만, 온몸에서 풍기던 야릇한 기운. 또 한 번도 맡아본 적 없는 향기까지……

"공부는 혼자 하는 거야. 모르는 게 있을 때만 물어봐. 대신 발소리가 들리면 말하고."

케빈은 이렇게 말한 뒤 헤드폰을 쓰고 가방에서 책을 꺼내 읽었다. 내겐 아무런 관심도 기울이지 않았다. 나는 그때 이것이 말로만 듣던 미국식 교육인가, 라고만 생각했다.

체인지

1

친구들. 담임. 학년. 교실. 책상. 의자. 교과서. 모든 것이 새로워진 3월이었다. 그리고 이 모든 것들 가운데 가장 새로워진 것은 바로 나 자신이었다. 나는 두 달의 방학 동안 원장의 말대로 천팔백 개의 영단어와 예순아홉 개의 수학공식을 모조리 외웠다. 그것뿐만이 아니다. 내가 두 달 동안 풀었던 문제집은 무려 스무 권이 넘었다. 계산해보면 사흘에 한 권씩 풀었던 셈이다. 학원의 수업과 숙제가 워낙 빡빡한 것도 그 이유지만 집에서 스스로 한 공부가 없었다면 절대로 풀 수 없는 분량이었다. 영어 선생이 사라진 날부터 학원 선생들은 아이들을 함부로 대하지 않았고, 나를 멸시했던 아이들도 모두 학원을 관뒀다. 자연스레 나는 공부에 재미를 붙일 수 있었다. 인천에서 돌아오던 길에 다짐한 특목고 입학 결심은 더 굳건해졌다. 그러나 베란다에서 뛰어내리겠다는 계획은 취소다. 그렇게 힘들게 갔는데 죽긴 왜 죽는단 말인가. 생각이란 늘 변하기 마련이다. 내가 이런 변화를 겪은 것은 책 때문이었다. 원장이 건네준 책 말이다.

　나는 어린 시절부터 책을 엄청 많이 읽었다. 책을 많이 읽은 이유는 하나다. 자주 아팠기 때문이다. 나는 엄마의 뱃속에서 9개월 만에 태어났다. 다행히 미숙아들이 갖고 있는 망막증이나 패혈증은 없었지만 대신 지독한 약골이었다. 매일 감기를 달고 살았고 천식도 앓았다. 초등학교에 다닐 땐 천식 때문에 입원한 적도 여럿 있었다. 짧게는 일주일, 길게는 한 달까지. 입원할 때마다 엄마가 가져다주는 책을 읽었다. 위인전, 동화, 세계명작 시리즈, 과학 탐구, 어린이가 읽는 그리스 로마 신화, 이야기 성경 등 장르를 가리지 않았다. 책을 읽은 건 순전히 시간을 보내기 위해서였다. 병원에선 책 읽는 것 외엔 할 수 있는 게 아무것도 없었다. 아무튼 그때의 경험 때문인지는 몰라도 나는 다른 아이들처럼 책을 멀리하거나 아예 읽지 않는 것은 아니다. 그러나 중학교에 입학한 뒤부터 전처럼 책을 많이 읽지는 않는다. 스마트폰이 생겼으니까. 스마트폰이 생긴 후부터 시간을 보낼 땐 책 대신 스마트폰을 켰다. 그렇게 나는 점점 책과 멀어졌지만 원장이 책을 건넨 뒤로 다시 책과 가까워졌다. 엄마는 그날, 서점으로 가서 원장이 건넨 책과 비슷한 책을 마구 사왔다. 엄마가 사온 책들은 『성공하는 십대들의 9가지 습관』『중딩 공부법』『아들아, 꾸물거리기엔 인생은 짧아』와 같은 제목의 자기계발서들이었다. 또 특목고를 졸업한 학생들이 쓴 책들도 사왔는데, 저자들은 하나같이 공부를 하다가 코피를 쏟았고 기숙사가 소등하면 불빛을 찾아 화장실이나 복도를 어슬렁거렸다. 사실 처음부터 열심히 읽은 것은 아니었다. 처음엔 그저 시간이나 때울 요량으로 읽기 시작했는데 자꾸 읽다보니 불안감이 자라났다. 나는 언제부턴가 책의 저자들과 나를 비교하기 시작했다. 그들이 코피를 쏟으며 공부하는 동안 대체 나는 무엇을 했는가. 이런 질문이 매일 머릿속에 맴돌았다. 만약 그들처럼 살지 않는다면 평생을 후회 속에 살아야 할 것 같았다. 그래서 나도 그들처럼 살기로 결심했다. 곰곰이 생각해보니 나 역시 그들처럼 되지 못할 이유가 없었다. 나도 케네디를 꿈꾸며 하버드에 가는 거다. 아니, 케네디는 누가 써먹었으니 나는 버락 오바마를 꿈꿨다고 해야지. 그렇게 마음먹자 멈출 수가 없었다. 그리고 무엇보다 이런 생각이 매력적인 이유는 바로 내가 겪어온 시간 때문이었다. 그러니까 내가 책의 저자들처럼 될 수만 있다면, 성공이란 걸 이루기만 한다면, 그동안 내가 겪어온 시간이 다른 의미를 가질 수 있었다. 부모의 죽음이나 이혼과 같은 가정불화부터 가난이나 장애, 질병 같은 문제들도 성공한 사람들에겐 하나의 자랑거리가 아닌가. 성공한 사람들은 역경을 이겨낸 사연을 으레 하나씩은 가지고 있었다. 그런 의미에서 부유하게 성장했던 케네디보다는, 부모가 이혼하고 젊은 시절에 마약을 했던 오바마가 여러모로 나와 더 잘 어울렸다.

나는 정말이지 내가 읽은 책의 저자들처럼 밤새 공부했다. 공부가 하기 싫을 때는 선배들이 쓴 글을 읽었다. 밑줄을 치고 밑줄 친 구절을 포스트잇에 적어서 책상에 붙였다. 그리고 한걸음 더 나아가 좌우명까지 지었다.

—김유신은 내 나이 때 삼국통일을 위해 말의 목을 벴다

그렇게 한 달이 지났을 때, 나는 책의 저자들처럼 공부를 하다가 코피를 쏟았다. 그때 나는 자고 있던 엄마를 깨웠다. 엄마는 코피 흘리는 내 모습을 보며 크게 기뻐했고 나 역시 뿌듯한 마음을 주체할 수가 없었다. 학원에서 수업을 받을 때 일부러 코피 자국이 묻은 페이지를 펼쳐 보이기도 했다. 나는 조금씩 내가 읽은 책의 저자들과 닮아갔다. 그렇게 변해가면서 마냥 무서웠던 일진들이 한심하게 보였고 아무런 꿈도 없이 학교에 다니는 아이들도 그들과 별다를 바가 없어 보였다.

나는 계속 공부에 정진하며 미래의 계획을 세웠다. 내 계획을 말하자면, 일단 특목고에 입학한 뒤 아이비리그의 여러 대학에 합격하는 거다. 아이비리그에 입학할 무렵엔 책을 한 권 써야지. 제목은 『고난과 시련에 맞서 싸우며』가 적당하겠다. 서두는 이렇게 시작할 거다.

추운 겨울, 학원으로 향하는 엄마의 차에서 나는 내게 다가올 고난과 시련에 지독히 겁을 먹었다. 저 위대한 영국의 대문호 윌리엄 셰익스피어는 인간의 부조리와 실존에 대해 토로한 『햄릿』이란 작품에서 이런 구절을 적지 않았던가. 나약한 인간이여, 그대의 이름은 여자. 나는 이 위대한 극작가의 글을 당시 나의 심경

과 상황에 빗대어 새롭게 표현하고 싶다. 나약한 인간이여, 그대의 이름은 김성준. 그러나 그때는 알지 못했다. 그 시련과 고난 뒤에 찾아올 황홀과 아름다움에 대해서. 사실, 그것은 시련과 고난이 아닌 지독한 행운이었다. 그러나 나의 항해가 마냥 순탄했던 것만은 아니다. 나를 가장 괴롭혔던 것은 바로 나 자신이었다. 꿈도 목표도 열정도 없이 살았던 어린 시절의 게으른 습관들이야말로 나의 시련과 고난의 원인이었던 것이다. 나는 마치 토끼와 거북이에 등장하는 토끼처럼 게으름을 피웠다. 인간이 토끼에게서 배울 것은 오직 하나뿐이다. 그것은 바로 '눈'. 나는 토끼눈이 되지 못한 날엔 공부를 하지 않았다고 여기며 더 나를 자책했다.

·

(중략)

·

나는 어린 시절부터 특목고를 준비했던 또래에 비해 무척이나 뒤처진 상황이었다. 유학 경험도 전무했고 설소대 수술을 받은 것도 아니었다. 학원의 다른 아이들은 수학 올림피아드나 과학 올림피아드에서 수상한 경력이 있었고 토익, 토플에서 고득점을 맞은 상태였다. 나는 그런 아이들을 보며 지독한 열등감에 사로잡히기도 했다. 그러나 노벨물리학상을 받은 그 누군가는 이렇게 말하지 않았던가. 열등감이야말로 인간이 발전할 수 있는 유일한 창구이자 희망이라고. 그의 말처럼 열등감이야말로 내가 코피를 쏟으며 공부를 할 수 있었던 원동력이기도 했다. 나는 미국 역사상 흑인 최초로 대통령이 된 버락 오바마를 떠올리며 인고의 시간을 보냈다. 나는 학원으로 향하는 차 안에서도 수학 문제집을 펼쳐놓고 문제를 풀었다. 나는 늘 독해집과 수학 문제집과 씨름했으며 마음이 나약해질 때마다 선배들이 쓴 글을 읽으며 마음을 다잡곤 했다.

.

(중략)

.

이제 나는 선배들이 걸었던 길을 걷고자 한다. 내 경험이 큰 꿈을 펼치려는 후배들의 길에 조금이나마 보탬이 되기를 바라며, 미약하지만 자랑스러운 기억들을 세상에 내놓는다.

브라보. 이 얼마나 멋진 일인가. 책 곳곳엔 빼곡하게 필기된 노트와 코피 자국이 묻은 페이지를 실을 거다. 마지막 챕터는 당연히 '김성준의 공부법'. 더불어 챕터가 바뀔 때는 오바마나 빌 게이츠, 반기문 같은 사람들의 명언도 삽입해야지. 내 책은 당연히 베스트셀러가 되겠지. 그러면 나는 그 돈으로 벤츠를 뽑을 거다. 아니, 어차피 벤츠는 엄마가 뽑아줄 테니 돈은 모교에 기부하는 거다. 기부할 땐 부디 집안 형편이 어렵지만 큰 꿈을 펼치는 후배들을 위해 써주세요, 라고 말해야지. 대신 장학금 이름은 제 이름을 따서 지어달라 하고. 미국으로 출국하기 전엔 특목고 입시학원이나 백화점 문화센터를 돌아다니며 특목고에 입학하려는 아이들과 학부모들에게 조언을 해야지. 여러분, 특목고에 가고 싶으세요? 하나도 어렵지 않습니다. 지금부터 제가 하는 말 잘 받아 적으세요. 나는 매일 이런 생각을 하며 잠이 들었다.

2

나는 학교에서도 학원 숙제를 했다. 국어, 영어, 수학을 제외한 모든 수업은 학원 공부를 보충하는 시간이었다. 물론 예외가 있긴 했다. 기술 가정 수업 때는 차마 그럴 수가 없었다.

기술 가정 선생은 어느 학교에나 한 명씩 존재하는 '미친개'라는 별명을 가진 선생이었는데, 단지 졸았다는 이유만으로 체벌을 일삼았다. 한번은 수업중, 핸드폰 알람이 울렸다는 이유로 따귀를 맞은 아이의 학부모가 학교로 찾아온 적이 있었는데, 선생을 보자 주눅이 들어서 아무런 말도 못하는 사태가 벌어진 적도 있었다. 학부모까지 무서워하는 판국이니 미친개는 거칠 게 없었다. 일진들도 미친개에게는 반항하지 못했다. 일진과 모범생, 빵셔틀, 이 모두가 한마음, 한 자세가 되어 수업을 받아야만 했다. 그러니 내가 얼마나 괴로웠겠는가 말이다.

그 무렵, 나는 하루빨리 초딩반에서 벗어나 중학생반에 편성되고 싶었다. 학원에서 중학생이 듣는 수업은 자사고반, 외고반, 과고반, 이렇게 세 개의 반으로 구성되어 있다. 그리고 이 반은 다시 세 개의 반으로 나뉜다. 보충반, 준비반, 심화반. 그러니깐 총 아홉 개의 반이 존재하는 것이다. 보충반이 가장 수준이 낮고 그 다음은 준비반, 심화반 순이다. 심화반은 전교에서 1, 2등을 다투는 아이들로 구성되어 있는데 이 아이들은 대부분 이미 토플 고득점에 여러 대회에서 수상한 경력이 있었다. 그 무렵, 나는 스펙이란 단어가 취업을 준비하는 사람들만 사용하는 단어가 아니라는 걸 절실하게 깨달았다. 특목고에 입학하기 위해서도 스펙이 필요했다. 토플 고득점은 기본이었고 여러 특목고에서 주최하는 영어, 수학, 국어, 논술 경시대회를 비롯해 여러 올림피아드 수상까지. 그러나 이런 스펙을 쌓고 심화반에서 수업을 듣는다고 안심할 수는 없다. 중학생들은 매주 시험을 보는데 이 시험 성적을 바탕으로 한 달에 한 번씩 반 편성을 다시 한다. 보충반에서 수업을 듣던 아이가 심화반으로 진급할 수도 있고 심화반에 있던 아이가 보충반으로 추락할 수도 있다. 그러니까 끊임없는 경쟁. 스파르타식에서 강한 자만이 살아남는다는 어른들의 말을 우리는 일찍부터 몸소 체험하는 것이다.

또한 중학생들의 수업은 초딩들의 수업과는 다르게 무척이나 체계적이었다. 한 과목에 여러 명의 선생이 있었다. 국어만 해도 논술, 문학, 비문학 이렇게 세 명이 있었고 영어 역시 회화, 문법, 독해 선생이 각각 있었다. 나는 초딩반에서 벗어나 또래와 함께 수업을 들으며 특목고 입시에 필요한 스펙을 쌓고 싶었다. 그러나 기술 가정 수업엔 차마 학원 공부를 할 용기가 생기지 않았는데, 그날은 그만 겁을 상실하고야 말았다. 며칠 전, 학원 복도에서 마주친 원장이 조금만 더 노력하면 곧 중학생반으로 갈 수 있을 거라 했던 말이 계속 떠올랐기 때문이었다.

결국 나는 영단어집을 펼쳐 들고야 말았다. 물론 책상 위에 버

것이 올려놓은 것은 아니다. 허벅지 위에 올려놓고 교과서를 보는 척하며 영단어를 암기했다. 가끔 고개를 들어 미친개의 위치를 확인하는 것도 잊지 않았다. 그러나 꼬리가 길면 잡히는 법. 어느 순간, 마치 음소거가 된 것처럼 교실 안이 고요해졌다. 고개를 들고 주위를 살피니 아이들의 시선이 모두 내게로 향해 있었다. 조금 전까지 교탁에 있던 미친개는 보이질 않았다. 순간, 등뒤가 서늘했다. 찬찬히 뒤를 돌아보니, 미친개가 나를 지긋이 내려다보고 있었다. 나도 모르게 꼴깍, 침이 넘어갔다. 미친개는 손을 뻗어 내 허벅지 위에 올려진 영단어집을 뺏어 들었다. 이제 저 책이 내 머리로 사정없이 날아오겠지. 절로 목이 빳빳해졌다. 그러나 모두의 예상과 다르게 미친개는 내 영단어집을 들고 순순히 교탁으로 돌아갔다. 그리고 아이들을 향해 이렇게 말했다.

"이런 거 백날 해봐야 기술 선생밖엔 안 돼."

미친개는 크게 한숨을 내쉬더니 수업 대신 자신의 이야기를 꺼냈다. 미친개는 자신이 어린 시절, 전교 1, 2등을 다투던 수재였으며 그래서 이름만 들어도 절로 하늘(SKY)이 떠오르는 대학에 갈 수 있었지만 어려운 집안 형편 때문에 전액 장학금을 주는 지방의 대학으로 진학했다고 말했다. 이 말을 한 뒤 미친개는 아주 길게 한숨을 내쉬었다. 그때 나는 저기요, 선생님, 혹시 먼 친척 중에 얼마 전까지 특목고 입시학원의 영어 선생이었던 분이 계신가요?라고 물을 뻔했다.

미친개는 다시 말을 이었는데 자신의 군대 생활부터 시작하여 어떻게 담배를 피우게 됐는지 같은 지리멸렬한 이야기를 한없이 늘어놓았다. 다행히 10분이 지나자 종이 울렸고 미친개는 입을 다문 채 내 영단어집을 들고 교실 밖으로 나갔다. 나는 미친개의 뒷모습을 바라보며 더더욱 특목고에 가야겠다고 결심했다. 만약 내가 일반 고등학교로 진학하면 저런 형편없는 선생에게 다시 3년을 배워야 하지 않는가 말이다. 나중에 책을 쓰면 꼭 이때의 일을 실어야지. 챕터 제목은 '선생님 안녕하시죠?'라고 지을 거다.

나는 영단어집을 돌려받기 위해 미친개를 찾아가진 않았다. 다시 사면 그만이었으니깐. 대신 다른 수업에선 수학문제집을 펼쳐 들었다.

3

중간고사가 다가왔다. 나의 노력에 감격했는지 원장이 입을 열었다. 원장은 내가 이번 중간고사에서 상위 5퍼센트 안에 들면 중학생반으로 편성될 수 있을 거라고 말했다. 아, 마침내 내가 그렇게나 고대하고 고대했던 순간이 찾아온 것이다.

전교생이 3백 명 안팎이니깐 나는 전교 15등 안에 들어야 했다. 그러나 나는 15등이 아니라 10등 안에 드는 것을 목표로 세웠다. 사람들에게 100등이 10등을 하는 모습을 보여주고 싶었다. 그리고 그때의 경험을 발판 삼아 계속 도약하는 모습까지 상상했다. 나는 반드시 이 기회를 놓치지 않을 것이다. 이런 결심을 중얼거리며 늦은 새벽에야 잠이 들었다. 그날, 꿈에 한용운과 윤동주와 이육사와 김소월이 찾아왔다. 그들은 처량한 표정을 지으며 나를 바라봤다. 마치 작별인사를 건네기 위해 찾아온 사람들처럼 보이기도 했다.

그날 이후, 그들은 두 번 다시 내 꿈에 찾아오지 않았다. 그러거나 말거나 나는 시험공부에 박차를 가했다. 학원이 끝나고 집으로 돌아가는 차에서도 공부를 했고 새벽 세시까지 공부를 하다가 책상에서 깜빡 잠이 들곤 했다. 힘이 들 때면 화장실에 쭈그려 앉아 공부를 했다는 선배를 떠올렸다. 가끔 졸음을 깨기 위해 세수를 하다가 거울을 보며 공부가 세상에서 제일 쉬웠어요, 라는 대사를 읊조리면서 실실 웃은 적도 있다. 내가 이렇게 밤새워 공부하는 모습에 감명을 받은 엄마는 여기저기 전화를 걸어 내 이야기를 떠들었다. 방문 너머로 엄마의 목소리가 들려올 때면 나는 문을 열고 벌컥 소리를 질렀다.

"조용히 좀 해! 나 지금 공부하는 거 몰라?"

내 말을 들은 엄마는 눈물을 글썽이며 수화기에 대고 말했다.

"너 방금 들었니? 우리 아들 목소리 말이야."

아, 엄마는 정말로 못 말린다니까.

4

시험을 일주일 앞둔 토요일 저녁, 학원 앞에 주차되어 있는 엄마 차를 타고 근처의 한우 갈비 전문점으로 향했다. 시험이 코앞이라서 밥 먹는 시간도 아까웠지만 이번엔 그렇지가 않았다. 왜냐면 태성이 형을 만나기 때문이다.

태성이 형은 외고에서 기숙사 생활을 했는데 주말을 맞이하여 모처럼 집으로 온 것이다. 엄마는 이 소식을 듣자마자 밥을 사주겠다며 나라 아줌마와 태성이 형을 불러냈다. 엄마가 간만에 기특한 짓을 했다. 내가 학원에 다닌 뒤로 엄마는 나라 아줌마와 통화하는 시간이 부쩍 늘었는데, 엄마는 형이 내 멘토가 되기를 바라는 눈치였다. 그건 나 역시 마찬가지였다. 나는 형에게 이것저것 물어볼 작정이었다. 외고생들은 기숙사가 소등하면 불빛을 찾아 복도를 어슬렁거리는지, 외국인 선생님과 해외에서 일어나는 여러 사회적인 이슈를 주제로 토론하는지, 김규남 같은 일진들은 없는지, 모든 게 다 궁금했다. 특목고를 준비하는 학생의 자세나 마음가짐, 공부법, 시험을 잘 치는 요령 따위도 물어볼 작정이었다. 식당이 가까워질수록 기대감은 한껏 부풀어올랐다.

식당에 들어가자 미리 도착한 나라 아줌마, 그리고 태성이 형이 보였다. 그런데 오랜만에 만난 형이 조금 이상해 보였다. 그 전까지 내가 알던 형은 그냥 『데미안』 같은 책을 많이 읽은 아이처럼만 보였는데, 그땐 뭐랄까, 좀 변태 같았다. 속내를 알 수 없는, 꿍꿍이가 가득한 얼굴이었다. 키도 작년까진 나보다 더 컸는데 그때 이후 성장이 멈췄는지 내가 더 컸다. 또 시력이 나빠졌는지 동그란 안경도 썼다. 나는 어색하게 인사를 건넸는데 형은 그저 고개만 까딱일 뿐이었다.

아줌마와 엄마는 가벼운 안부를 주고받은 뒤 한우 갈비를 주문했다. 갈비가 지글지글 구워지기도 전에 그녀들은 어김없이 아들 자랑을 시작했다. 엄마는 내가 두 달 동안 천팔백 개의 영단어와 예순아홉 개의 수학공식을 외운 것부터 시작해서 내가 코피를 쏟으며 밤새 공부를 한다고 말했다. 아줌마도 이에 질세라 형이 조기졸업을 할 것 같다며 내년이면 아이비리그로 갈 거라고 말했다. 그러나 엄마와 아줌마 둘 다 서로의 말에 귀기울이는 것 같지는 않았다. 그녀들이 떠드는 동안, 형과 나는 고기가 누렇게 익어가는 것을 바라보고만 있었다. 형에게 물어볼 게 참 많았는데 변한 모습을 보자 아무런 질문도 나오지 않았다. 그때 태성이 형은 아는 사람이 아니라 낯선 사람 같았다.

고기가 다 익자 엄마와 아줌마는 우리 접시에 고기를 얹어줬다. 내가 젓가락을 들고 고기를 집으려는 순간, 갑자기 태성이 형이 아줌마를 향해 젓가락 한 짝을 치켜들고 소리를 질렀다.

"아바다 케다브라!"

나는 손에 쥔 젓가락을 떨구었다. 형이 다시 한번 아줌마를 향해 소리를 질렀다.

"아바다 케다브라!"

아줌마와 엄마는 영문을 몰라 형을 쳐다봤다. 잠깐 침묵이 흘렀지만 이내 아줌마가 크게 웃으면서 이렇게 말했다.

"요새 외고에선 수업을 이렇게 해."

……외고에서 잘도 그렇게 하겠다. 내 평생 외고에서 그렇게 수업을 한다는 말은 한 번도 들어보지 못했다. 태성이 형이 외쳤던 말은 외고에서 하는 수업이 아니라 『해리 포터』에 나오는 주문

이었다. 『해리 포터』를 한 번이라도 읽은 사람이라면 단번에 알아차릴 수 있다. 아줌마는 형이 외쳤던 말이 주문인지도 모르고 엄마와 내게 그런 거짓말을 했다. 그런데 더 가관이었던 건 엄마가 아줌마의 거짓말을 믿는다는 것이었다. 엄마가 호기심을 갖자 아줌마는 신이 나서 형에게 다른 걸 보여달라고 주문했다. 형은 다시 젓가락 한 짝을 집어들고 크루시오니, 임페디멘타니 같은 주문들을 외쳤다. 당연히, 아무 일도 일어나지 않았다.

"멍청한 머글들."

아…… 형은 자기가 무슨 볼드모트*라도 되는 줄 아는 걸까. 형은 주문 외치던 걸 관두고 고기를 집어먹었다. 엄마와 나, 그리고 아줌마는 말없이 형이 고기 먹는 모습을 지켜볼 뿐이었다.

"성준이는 머글이 무슨 뜻인 줄 아니?"

뭔가 이상해진 분위기를 전환하려는 듯 아줌마가 물었다. 엄마는 한껏 기대감에 부푼 기색이었다. 내가 '머글'이 무슨 뜻인지를 아는 것처럼. 당연히 알지! '머글'은 『해리 포터』에서 마법사들이 마법사가 아닌 사람을 지칭하는 단어이다. 그러나 나는 망설이다가 고개를 가로저었다. 엄마는 실망한 표정을, 아줌마는 옅은 미소를 지었다. 나는 고개를 숙이고 말없이 고기를 집어먹었다.

고기가 입으로 들어가는 건지 코로 들어가는 건지 분간이 안 됐다. 나는 고기를 씹으며 계속 형을 힐끔거렸다. 형은 아무 일도 없었던 것처럼 태연하게 고기를 집어먹을 뿐이었다. 그 모습

---

*『해리 포터』에 등장하는 어둠의 마법사. 나쁜 새끼다.

이 더 변태처럼 보였다…… 아, 태성이 형은 열일곱 살이나 됐는데 왜 젓가락을 치켜들고 『해리 포터』에 나오는 주문을 외쳤을까. 공부를 너무 많이 해서 머리가 살짝 돌아버린 걸까. 한번 시작된 의문은 마인드맵처럼 꼬리를 물었다. 왜 하필이면 많고 많은 주문 중에 아바다 케다브라였을까. 아바다 케다브라는 살인 주문인데…… 해리 포터의 부모도, 덤블도어도, 매드아이 무디도, 모두 아바다 케다브라 주문을 맞고 죽었다. 만약 아줌마가 태성이 형이 외쳤던 말이 『해리 포터』에 나오는 주문이란 걸 알게 된다면…… 그리고 그 주문이 살인 주문이란 걸 알게 된다면…… 아줌마는 정말 아바다 케다브라 주문을 맞은 것처럼 목숨을 잃을 것만 같았다. 아…… 형은 대체 왜 그랬을까. 아줌마의 말처럼 외고에서 그렇게 수업을 하는 걸까. 설마 그럴 리가…… 온갖 이유를 다 떠올렸지만, 쉽사리 그 답을 찾을 수가 없었다.

후식으로 나온 수정과까지 다 마신 뒤에야 우리는 식당을 나섰다. 엄마와 아줌마는 나란히 주차장으로 향했고 나와 태성이 형은 식당 입구에서 차를 기다렸다. 그때 형이 내게로 다가오며 말을 걸었다.

"너, 알고 있었지?"

대답하지 않았다. 나는 형이 조금 무서웠다. 형과 말을 섞으면 왠지 나도 그렇게 될 것만 같았다.

"나는 영국으로 갈 거야. 가서 9와 4분의 3 승강장에서 호그와트로 가는 급행열차를 탈 거야. 넌 믿지 않겠지만 정말로 호그와트로 가는 기차가 있대. 우리 학교에 영국에서 살다 온 애가 있는데 개한테 확실한 정보를 들었거든."

형은 내게 무슨 말인가를 더 하려 했는데 다행히 그때 엄마 차
가 도착했다. 나는 재빨리 차에 올라탔다. 엄마가 창문을 열어 형
에게 인사를 하는 동안, 나는 그쪽을 쳐다보지 않았다.

학원으로 가는 동안 엄마는 대체 학원에서 뭘 배우는 거냐며
내가 그 머글인지 머시기인지 하는 단어도 모른다고 구박했다.
억울해서 모든 걸 다 털어놓고 싶었다. 그러나 나는 고심 끝에 참
았다. 만약 엄마가 이 사실을 알면 분명히 아줌마에게 말할 게 뻔
하고 그럼 아줌마는 목숨을 잃을 테니까…… 나는 입을 다문 채
어서 빨리 학원에 도착하기를 바랐다.

5

강의실에는 아무도 없었다. 케빈은 어디로 갔는지 보이지 않
았다. 있으나 없으나 매한가지여서 크게 신경쓰지 않았다. 나는
책상에 앉아 문제집을 펼쳤다. 문제가 눈에 들어오지 않았다. 계
속 조금 전 태성이 형의 행동이 떠올랐다. 아, 아바다 케다브라
라니…… 사실 나도 『해리 포터』를 처음 읽었을 땐 마법사가 되
고 싶어 안달이 나곤 했다. 부끄럽지만 길을 걷다가 나뭇가지를
꺾어 남몰래 주문을 외친 적도 있다. 그때마다 상상의 나래를 펼
쳤다. 내 기숙사는 당연히 그리핀도르. 슬리데린으로 배정받으
면 자퇴를 할 거다. 지팡이는 유니콘 꼬리로 제작한 걸 구입할 거

고 부엉이는 황금색으로 골라야지. 빗자루는 당연히 해리 포터가 타던 파이어볼트. 뭐, 님부스 시리즈도 나쁘진 않겠지. 퀴디치 선수가 된다면 나는 수색꾼이 될 거고 주말에는 호그스미드 마을로 가서 버터 맥주와 개구리 초콜릿을 배가 터질 때까지 먹을 거다. 그러나 이런 상상은 어린 시절에나 하던 짓이었다. 마법 사회를 믿느니 차라리 교회를 다니는 게 더 나을 것 같았다. 그리고 실제로 마법 사회가 존재하더라도 나는 마법사가 될 수 없을 거다. 영국에서 뭐가 아쉬워서 지구 반대편에 사는 사람에게 편지를 보내겠는가. 내가 박지성처럼 특별한 재능이 있는 것도 아니고 말이다. 이런 생각을 하다가 나는 형이 그랬던 것처럼 연필을 쥐고 주문을 외쳤다.

"아바다 케다브라!"

메아리조차 울리지 않았다. 나는 미친놈처럼 크게 웃음을 터뜨렸다. 그러다가 문득 태성이 형이 가여워졌다. 아, 형은 어쩌다가 그 지경까지 이르렀을까. 얼마나 만만했으면 친구가 그런 거짓말을 한단 말인가! 그러다가 나는 친구들에게 그런 장난을 당하는 형과 초딩들에게 처맞았던 나, 둘 중에 누가 더 만만한 사람인지 고민했다. 쉽사리 우열을 가릴 수가 없었다. 나도 특목고에 가면 그런 장난을 당하는 것은 아닐까 걱정이 들었다. 계속 이런 걱정을 하고 있을 때 강의실 문이 열리고 케빈이 들어왔다. 그런데 케빈의 모습이 평소와 달랐다. 눈동자는 붉게 충혈되어 있었고 초점이 흐릿했다. 늘 케빈에게서 풍기던 희미한 냄새가 더 짙어졌다. 그 냄새는 약초를 태운 것 같았고 또 생선 비린내 같기도 했다. 케빈은 곧장 의자에 앉아 목에 걸친 헤드폰을 쓰고 음악을 들었다. 그리고 뭐가 좋은지 병신처럼 실실 쪼갰다. 아, 정말이지 세상에 정상인 사람은 오직 나 혼자인 것 같았다.

6

전교 18등. 정말 썹할 노릇이었다. 썹이라도 한번 했음 화가 가라앉겠지만 그럴 수가 없어서 더 화가 났다. 퍽퍽퍽. 나는 머리를 때리며 자책했다.

아, 나는 중간고사에서 목표로 세운 전교 10등 안에 들지 못했다. 원장이 주문했던 5퍼센트 안에도 들지 못했다. 사실 특목고 입시에서 전교 등수는 크게 중요하지 않았다. 특목고 대부분은 입시에서 국어, 영어, 수학, 사회, 과학 성적만 반영했다. 예체능 과목을 반영하는 학교 역시 반영 점수가 국영수사과에 비해 무척 낮았다. 나는 국어와 수학에서 백 점을 맞았지만 영어와 과학, 사회에서 기대에 미치지 못하는 점수를 받았다. 특히나 영어에서 네 문제나 틀린 것은 정말이지 나를 미치게 만들었다. 원장은 잘했지만 아직 중학생반에 편성되는 것은 무리라고 했다. 아, 이런 교활한 사기꾼……

같은 반 친구들이나 학교 선생들은 내 성적을 보고 입을 다물지 못했지만 나는 그 벌어진 입에다 침이라도 뱉고 싶었다. 이런 성적이면 나는 특목고에 입학할 수 없을 테고 그럼 나는 고등학교 3년을 이렇게 현실에 안주하는 패배자들과 보내야 하지 않는가 말이다. 고작 중간고사를 치렀을 뿐인데 마치 커다란 일을 치른 것처럼 으스대는 아이들의 꼴도 보기 싫었다. 아이들은 시험이 끝난 뒤 삼삼오오 무리를 지어 오락실이나 노래방으로 몰려갔다. 나도 작년까진 그랬지만 이번엔 그러고 싶지 않았다. 나는 학교에서, 학원에서, 집에서, 틀린 문제를 확인했다. 정말 한끗 차이였다. 꼼꼼히 살폈다면 대부분 틀리지 않을 문제들이었다. 나는 틀린 문제를 오답 노트에 옮겨 적다가 눈물까지 흘렸다. 그동안 공부했던 시간과 계획했던 미래의 일들이 모두 물거품이 되는 것만 같았다. 덜컥 겁이 났다. 특목고에 갈 수 없다면, 성공을 이루지 못한다면, 내가 겪어온 시간이 다른 의미를 가질 수 없지 않은가…… 이런 걱정에 나는 밤잠까지 설쳤다. 엄마는 가끔씩 내 방에 찾아와서 걱정스러운 표정을 지으며 혼잣말을 중얼거렸다.

"엄마가 조금 더 일찍 시작했어야 했는데…… 태성이는 초등학교 4학년 때부터 준비했다는데……"

엄마의 말을 듣자 화가 솟았다. 이제 와서 그런 말을 하는 게 무슨 소용이란 말인가. 잠깐 어린 시절이 떠올랐지만 곧 그런 생각을 접었다. 나는 다가오는 기말고사에서 기필코 전교 10등 안에 들겠다고 다짐하며 책상으로 돌아가 문제집을 펼쳐 들었다.

1

그날도 홀로 강의실에 남아 케빈의 지도를 받으며 공부를 하고 있었다. 사실 지도라고 말하기도 민망했다. 케빈은 늘 그랬던 것처럼 헤드폰을 쓴 채 음악을 들었고 나는 문제집을 펼쳐놓고 열심히 문제를 풀었다. 그런데 그날따라 원래 이상했던 케빈이 더 이상하게 굴었다. 계속 강의실 안팎을 들락거리는 것이다. 신경에 거슬려서 문제를 푸는 데 집중할 수가 없었다. 케빈이 나를 성의껏 지도했다면 전교 씨팔!등은 하지 않았을 거란 생각이 들자 새삼 그가 괘씸해졌다. 집으로 돌아가면 엄마한테 지도 선생을 바꿔달라고 말해야지, 이런 생각을 하고 있을 때 케빈이 다시 강의실 밖으로 나갔다. 그리고 오랫동안 돌아오지 않았다.

나는 그사이, 머리를 식힐 겸 자극도 받을 겸 가방에서 책들을 꺼냈다. 내가 꺼낸 책은 원장이 건넨, 홍 뭐시기란 사람이 쓴 책이었고 또다른 한 권은 중간고사를 치른 뒤 실의에 빠진 나를 위해 엄마가 사온 책이었다. 엄마가 사온 책의 제목은 『청춘이니까 아픈 거다』였는데 그 책에는 구구절절 옳은 소리만 적혀 있었다. 청춘이란, 제목 그대로 원래 아픈거고 쉽게 넘어진다. 하지만 나만 넘어지는 것은 아니라는 것에 위로를 받으며 다시 일어서는…… 그러나 나는 넘어지지 않으리라. 나는 넘어지지 않기 위해 홍 뭐시기란 사람이 쓴 책을 읽었다. 이미 열 번도 넘게 읽었지만 계속 읽게 되는 책이었다. 나는 형광펜을 꺼내들고 책 곳곳에 밑줄을 쳤다. 이런 기세라면 책에 밑줄이 쳐 있지 않은 구절이 한 군데도 없을 것 같았다. 그때 강의실 문이 열리고 사라졌던 케빈이 돌아왔다.

케빈은 며칠 전처럼 역한 냄새를 풍겼고 두 눈이 붉게 충혈되어 있었는데 곧장 다가와서 내가 읽던 책을 뺏어들었다. 케빈은 그 자리에서 책을 훑었는데, 페이지가 넘어갈수록 눈동자에서 어떤 불길이 이글거렸다. 케빈은 책을 훑다 말고 나를 뚫어져라 노려봤다. 그러다가 갑자기 들고 있는 책으로 내 머리를 사정없이 내리찍었다. 퍽퍽퍽. 이내 책이 바닥으로 떨어졌다. 그러자 케빈이 내 귀싸대기를 후려쳤다. 쩍.

"이런 병신 마더퍽커 같은 새끼."

케빈이 나를 노려보며 물었다.

"네가 왜 맞는 줄 알어?"

당황해서 아무런 말도 나오질 않았다. 쩍. 다시 케빈의 손바닥이 날아왔다.

78

"이런 좆물 냄새나는 글이나 읽고 말이야. 세상에서 제일 쓰레기 같은 새끼들이 누군 줄 알아? 글로 딸딸이 치면서 애들 코 묻은 돈이나 훔치는 새끼들이야."

케빈은 내 책상 위에 올려진 『청춘이니까 아픈 거다』를 보더니 다시 손바닥을 날렸다. 쩍.

"아무튼 배운 새끼들이 더해. 아프면 씨팔, 그냥 아픈 거지. 그게 왜 당연한 거야! 지네가 아팠으니깐 우리도 아프라는 거야? 이 개새끼들은 분명히 청춘을 질투하는 거야. 그러니깐 계속 아프라고 주문하는 거고. 씨팔, 이적요* 같은 새끼들."

케빈은 내 책상 위에 올려진 필기구와 책들을 바닥에 쏟으며 소리를 질렀다.

"대체 이딴 걸 왜 푸는 거야. 퍽 더 코리아!"

곧이어 내 머리통과 얼굴로 케빈의 손바닥이 사정없이 날아왔다. 아, 내가 대체 무슨 잘못을 했기에 이 미친놈에게 이런 수모를 겪어야 한단 말인가. 그러나 나는 아무런 반항도 못하고 그저 두 손으로 머리를 감쌌다. 그렇게 사정없이 맞자 절로 눈물이 흘렀다. 예상치 못한 일을 겪으면 항상 이렇게 눈물을 흘리곤 한다.

아마 오십 대쯤 맞았을 거다. 그렇게 한참을 맞자 케빈이 때리는 것을 관뒀다. 내 얼굴은 이미 눈물과 콧물로 범벅이었다. 나는 쉴새없이 딸꾹질을 하며 흐느꼈다. 케빈은 그런 나를 물끄러미 바라보다가 물었다.

---

* 박범신 『은교』의 등장인물.

"자지에 털은 났냐?"

그 무렵, 자지 위로 거뭇한 털이 잔디처럼 돋아나고 있었다. 내가 머뭇거리자 케빈이 대답하라며 귀싸대기를 때리려고 했다. 황급히 고개를 끄덕였다. 내가 고개를 끄덕이자 케빈은 조금 전보다 더 화가 난 것 같았다.

"그러니깐 자지에 털도 난 새끼가 이딴 걸 풀고 있단 말이야?"

다시 쩍. 대관절 자지에 털이 난 것과 문제집을 푸는 게 무슨 상관이란 말인가. 케빈은 나를 한참 동안 노려보다가 물었다.

"씹새끼…… 섹스는 해봤냐?"

나는 재빨리 고개를 가로저었다.

"너 몇 살이냐?"

나는 흐느끼며 겨우 대답했다.

"여, 여열, 다, 서, 섯이요……"

"너, 이몽룡이랑 춘향이랑 떡쳤을 때가 몇 살인 줄 알어?"

내가 방자나 향단이도 아니고, 그걸 무슨 수로…… 고개를 가로저었다. 케빈이 나를 한심한 눈빛으로 쏘아보며 말했다.

"자지에 털도 났는데 섹스도 못해보고 이딴 거나 풀고…… 병신 마더퍽커 같은 새끼."

케빈의 말을 듣자 잦아든 눈물이 다시 터졌다. 이 미친놈이 무서웠고 그러면서도 이 미친놈의 말처럼 자지에 털도 났는데 섹스도 못해본 게 서러워졌다. 김규남은 자지에 털이 나기도 전에 여자랑 잤다는데…… 다시 시작된 울음은 쉽사리 잦아들지 않았다. 케빈은 그런 나를 보며 미친놈처럼 웃었다. 이런 조커 같은 새끼.

좆같은 새끼. 내 평생 그토록 서럽게 울었던 적은 한 번도 없다. 눈물과 콧물이 쉴새없이 흘러내렸다. 나는 그렇게 한참을 울었다.

내 울음이 서서히 잦아들 무렵, 케빈이 내게로 다가왔다. 따귀가 날아올 것 같아 몸이 움츠러들었는데, 케빈은 따귀 대신 자신의 헤드폰을 씌워줬다. 그리고 그 순간, 나는 힙합을 만났다. 아, 케빈⋯⋯!

쿵쾅거리는 드럼 소리가 심장을 두들기고 정체를 알 수 없는 악기 소리들이 혈관이며, 세포며, 두뇌며, 내 온몸 구석구석을 찔러댔다. 움츠러든 몸이 사르르 녹아내리고 심장이 쫄깃해졌다. 잦아들었던 울음이 다시 터졌다. 케빈은 그런 나를 보며 크게 소리를 질렀다.

Life's a bitch and then you die ; that's why we get high
Cause you never know when you're gonna go *

나는 그게 무슨 뜻인지도 몰랐으면서 병신처럼 고개를 끄덕였다.

2

"성공을 가르치는 사람들은 남들이 성공하든 말든 관심이 없

---

* 미국의 래퍼 나스의 1집 《Illmatic》의 수록곡 〈Life's A Bitch〉의 가사 중에서.

어. 애초에 그런 이유로 책을 쓴 게 아니니깐."

케빈이 부어오른 내 볼을 어루만지며 말했다. 그러면서 케빈은 내가 읽는 자기계발서들은 진통제 같은 거라고 했다. 진통제는 고통을 잠재울 순 있지만 치료를 해줄 수는 없다고 했다. 내가 계속 아무런 말이 없자 케빈이 대뜸 질문을 던졌다.

"네 책상엔 자기계발서들만 잔뜩 꽂혀 있지?"

아, 정말로 마법 사회가 존재하는 걸까. 케빈은 내 방을 구경한 적도 없으면서 어떻게 알았을까. 케빈의 말은 사실이었다. 원장이 홍 뭐시기란 사람이 쓴 책을 건넨 순간부터 나는 시간이 날 때마다 엄마가 사다주는 자기계발서를 읽었다. 자기계발서를 읽을 때면 레드불을 마시는 것처럼 날개가 돋아나는 기분이었다. 날개를 단 나는 금세 책의 저자들처럼 될 수 있을 것 같았다. 그러나 곧 그들에게 미치지 못하는 나를 발견하고 그럼 나를 꾸짖고 자책하며 괴로워하고, 또 그러면서 새로운 자기계발서를 찾고…… 학원을 다닌 뒤로 늘 이런 일의 반복이었다. 내가 계속 지난날의 행동을 곱씹고 있자, 케빈이 다시 말을 꺼냈다.

"사실 이건 아주 거대한 음모라고 할 수 있지. 사람들에게 '성공'이란 걸 오로지 개인의 노력에만 달렸다고 믿게 만드는 거야. 그럼 사람들은 나중에 실패를 해도 그게 다 내 탓이라 여기게 되는 거고. 그럼 참 간편하잖아."

내가 말이 없자 케빈이 계속 말을 이었다.

"그러니깐 네가 나중에 어른이 돼서 취업을 해야 될 때가 온다고 가정을 해보자고. 근데 네가 취업을 못했어. 그럼 사람들은 그

게 다 네가 부족하고 게을렀기 때문이라고 말할 거야. 심지어 너
도 그렇게 생각할걸? 그런데 진짜 이유는 그게 아니야. 매년 대
학을 졸업하는 학생들의 숫자에 비해 새로운 일자리는 턱없이 부
족해. 그것뿐만이 아니지. 인간의 수명이 늘어나면서 정년퇴직을
하는 나이도 늦어지고 있거든. 이런 여러 문제들이 발생하니깐
당연히 취업을 못하는 사람들이 생겨날 수밖에 없는 거야. 그중
엔 취업을 위해 미친듯이 노력한 사람들도 있을 테고. 지금 사회
에서 발생하는 문제들은 여러 이해관계들이 얽히고 충돌하면서
발생하는 거야. 이런 문제를 단순히 개인의 책임으로만 전가시키
려는 건 손바닥으로 하늘을 가리는 것과 다를 바 없지. 무슨 말인
지 알겠어?"

케빈의 눈동자가 이글거렸다. 거짓말을 하면 다시 따귀를 갈길
것만 같아서 고개를 가로저으며 말했다.

"……아니요."

케빈의 말은 어려웠다. 나는 진중권이 아니다. 하나도 알아들
을 수 없었다. 그러나 뭔가 멋있다는 느낌은 가득했다. 자신감에
가득찬 목소리며 이글거리는 눈동자. 마치 데자뷰처럼 나는 이
장면을 이미 경험한 것만 같았다.

케빈은 내 대답을 듣자 호탕하게 웃으며 솔직해서 마음에 든다
고 말했다. 그러면서 진짜 솔직한 남자를 소개시켜주겠다고 말한
뒤 다시 헤드폰을 씌워줬다. 그리고 그 순간, 아…… 나는 힙합
역사상 가장 위대한 래퍼, 투팍을 만났다.

투팍의 음악을 들으면서 나는 사람들이 음악을 들을 때 감탄

사처럼 내뱉는 '소울'이라는 말을 비로소 이해할 수 있었다. 아, 그것은 정말이지 한 영혼과 한 영혼의 결합이었다. 현란하게 랩을 내뱉는 투팍의 목소리에는 깊은 슬픔과 분노가 묻어 있었다. 나는 그것을 분명하게 느낄 수 있었다. 다시 심장이 쫄깃해지고 전기에 감전된 것처럼 온몸이 부르르 떨려왔다. 케빈은 지금 어떤 느낌이냐고 물었다. 내가 계속 머뭇거리자 케빈이 대답을 재촉했다.

"진짜로 말해도 돼요……?"

케빈이 고개를 끄덕였다.

"오르가슴을 느끼는 것 같아요……"

내 말은 진심이었다. 섹스를 하면 꼭 이런 느낌일 것 같았다. 그때 나는 혹여나 귀싸대기를 맞을까봐 케빈의 눈치를 살폈는데, 내 예상과 달리 케빈이 활짝 웃으며 나를 칭찬했다.

"네가 음악을 들을 줄 아는구나!"

케빈은 처음 투팍의 음악을 들었을 때 사정을 했다고 말했다. 나는 그게 가능한 일이냐고 물었고 케빈은 그게 바로 물아일체의 경지라고 했다. 내가 투팍의 음악을 들으며 사정을 경험하는 순간, 비로소 힙합을 이해하는 거라고 말했다.

나는 그날 밤 열두시까지 사정을 하기 위해 안간힘을 쓰며 케빈과 투팍의 음악을 들었다. 자정이 다가오자 케빈은 가방에서 두 개의 DVD를 꺼냈다. 그리고 내게 그 DVD들을 내밀면서 집에 가서 감상하라고 말했다.

"누구든지 투팍의 음악을 세 번만 들으면 나와 브라더가 될 수 있지."*

내가 강의실 문을 열고 밖으로 나가려는 순간, 케빈이 나를 보며 말했다. 학원 앞에 주차되어 있는 엄마 차로 향하는 동안, 계속 '브라더'란 단어를 발음했다. 라더, 를 발음할 때 혀끝이 입천장을 스치는 그 느낌이 정말 좋았다.

3

케빈의 말대로 나는 책상 대신 컴퓨터 앞에 앉았다. 그리고 케빈이 건넨 DVD들을 감상했다. 그 DVD들은 투팍의 일생을 다룬 다큐멘터리였는데, 그것을 보다보니 투팍이 타임머신을 타고 내 어린 시절을 엿본 것은 아닐까 싶은 착각이 들었다. 투팍의 과거는 정말이지 나와 너무나 닮아 있었다.

투팍이란 인물을 이해하기 위해선 먼저 투팍의 어린 시절과 그의 가족에 대해 알아야 한다.

투팍의 어머니는 '블랙팬서'라는 단체의 회원이었다. '블랙팬서'는 흑인의 인권 신장을 위한 단체였는데 투팍의 어머니는 투팍을 임신했을 당시, 뉴욕의 공공시설을 파괴했다는 죄목으로 감옥에 간다. 그녀는 법정에서 자신의 무죄를 입증했고 출소 한 달 뒤 투팍을 출산한다. 투팍은 이때의 일을 일컬어 자신이 감옥

---
* 무라카미 하루키 『상실의 시대』에서 따옴.

에서 자랐다고 말했다. 그래서일까, 투팍은 세상에 나온 뒤에도 자주 감옥을 들락거렸다.

어린 시절, 투팍은 지독하게 가난했고 외롭게 자랐다. 투팍의 어머니는 대학에 다니며 늘 흑인 운동에만 신경을 썼다. 또한 투팍은 자신의 아버지가 누구인지 몰랐다. 투팍은 만약 자신에게 아버지가 있었다면, 좀더 엄한 가정교육을 받을 수 있었을 거고 자신감 있는 인간이 될 수 있었을 거라고 말했다. 어린 시절의 투팍은 소심하고 조용한 아이였는데 그 이유는 자신의 어머니가 자신을 남자의 방식으로 다루지 못했고, 남자다움이란 걸 가르쳐주지 못했기 때문이라고 했다. 남자가 남자답게 자라려면 남자의 방식을 가르쳐줄 남자가 필요해, 라고 투팍이 말했을 때 나는 크게 고개를 끄덕였다. 나 역시 아버지가 있었다면 남자다움을 배웠을 테고 그렇다면 초딩들에게 처맞는 일 따위는 벌어지지 않았을 것이다.

투팍의 어머니는 한때 마약중독에 시달렸는데 나는 이때 온몸을 부르르 떨었다. 그 누구에게도 말한 적 없지만 우리 엄마도 알코올중독에 빠진 적이 있다. 이 사실을 아는 사람은 세상에서 딱 세 사람뿐이다. 엄마와 나, 그리고 나라 아줌마. 엄마는 나라 아줌마의 도움을 받아 작년부터 치료를 받았다. 그리고 그전까진 잔뜩 취해서 밤늦게까지 전화기를 붙잡았다. 엄마는 수화기에 대고 무슨 말인가를 한참 동안 늘어놓다가 마지막엔 꼭 울음을 터뜨렸다. 나는 그 소리가 무서워서 방문을 걸어잠그고 음악을 들었다. 음악에 집중하지 못할 때면 『해리 포터』를 읽거나 종영된 드라마를 내려받아서 감상했다.

투팍 역시 나처럼 책을 읽거나 텔레비전을 보며 자신의 외로움을 달랬다. 텔레비전 속의 세상은 자신의 삶과는 무척이나 달랐는데 투팍은 텔레비전 속의 방식을 익힐 수만 있다면 자신도 텔레비전의 일부가 되는 거라고 생각했다. 그래서 투팍은 어린 시절부터 텔레비전 속 배우들을 흉내내곤 했다. 자신이 배우가 되어 그들의 삶을 연기하면 그들이 누리는 즐거움을 조금이라도 나누어 가질 수 있을 거란 생각에 말이다. 그리고 적어도 그 순간만큼은 외롭지 않을 수 있을 테니깐, 이라고 투팍이 말했을 때, 나는 그만 참았던 울음을 터뜨렸다. 나 역시 드라마를 보며, 『해리 포터』를 읽으며 늘 그들의 삶을 부러워하지 않았던가. 새삼 나뭇가지를 꺾어서 주문을 외쳤던 시간이 떠올랐다.

물론 투팍의 어린 시절이 마냥 불행하고 외로웠던 것만은 아니다. 어머니가 일자리를 잃자 투팍의 가족은 볼티모어로 이사를 떠났다. 투팍은 시험을 보고 볼티모어 예술학교에 입학했는데 이 당시 학교에서 발레와 연극을 공부했다. 늘 셰익스피어의 작품을 읽으며 자신의 친구들에게 셰익스피어가 끝장난다고 말했던 투팍은 이때 세상의 부조리에 눈을 떴다. 자신은 예술학교에서 셰익스피어의 작품을 읽지만 자신의 친구들은 거리에서 마약에 중독되거나 총에 맞아 죽어갔기 때문이다. 그 당시 볼티모어는 미국에서 십대 출산율, 십대 자살률이 가장 높았고, 또 흑인이 흑인을 가장 많이 살해하는 도시였다. 투팍이 처음 랩을 시작한 계기는 자신의 절친한 친구가 총을 갖고 장난을 치다가 사망한 일에서 비롯된 것이다.

그러나 이런 꿈 많은 예술학도의 시간은 오래가지 않는다. 투팍이 다시 캘리포니아의 마린 시로 이사를 떠난 것이다. 투팍은 마린 시의 거리에서 주민들을 상대로 공연을 하곤 했다. 그리고 '디지털 언더그라운드'라는 레코드사에 백댄서 겸 매니저로 취직했는데, 이때 비로소 미국 힙합신(scene)에 투팍이란 인물이 등장한 것이다. 한낱 무명의 래퍼였던 투팍은 앨범을 발매한 직후 순식간에 빌보트 차트에 오르는 래퍼가 됐다. 그리고 기세를 몰아 영화배우로도 데뷔했는데 당시 투팍의 상대역은 마이클 잭슨의 여동생인 자넷 잭슨이었다. 투팍과 자넷 잭슨이 영화에서 베드신을 촬영하기 전 자넷 잭슨측에서 투팍에게 에이즈 검사를 권유했다. 투팍은 진짜로 섹스를 하면 네 번이라도 받겠다고 말했다. 아, 네 번이라도 받겠다니…… 투팍은 정말이지 솔직하고 매력이 넘치는 인물이었다.

사람들은 투팍의 솔직함과 매력에 흠뻑 빠져들었다. 배우로서도 성공적인 데뷔를 한 투팍은 다시 기세를 몰아 《Strictly 4 my N.I.G.G.A.Z.》란 앨범을 발매했는데 이 앨범은 순식간에 백만 장 이상이 판매됐다. 투팍의 앞길이 항상 순탄했던 것만은 아니다. 성공한 자들에겐 언제나 시기와 질투가 끊이질 않으니깐.

투팍은 수많은 폭력 사건으로 재판을 받아야 했다. 흑인에게 무관심한 정부와 경찰을 욕하던 투팍을 법원에서 좋게 볼 리 없었다. 투팍은 여성에게 2분 40초 동안 욕을 했다는 이유만으로 15일 동안 감옥에 갇힌 적도 있다. 이것은 분명 정당하지 못한 처사였다. 무단횡단을 하다가 신분증을 요구하는 경찰에게 폭행을 당한 적도 있는데 이때의 일은 CNN 뉴스에 나올 만큼 화제를 불러일으켰다. 투팍의 유명세와 인기는 날이 갈수록 하늘을 찔렀고 결국 총에 맞는 사건까지 벌어지고야 말았다. 아…… 이것에 대해서는 자세한 설명이 필요하다.

투팍과 더불어 미국 힙합신에서 전설로 추앙받는 인물이 있는데 그는 바로 노토리어스 비아이지(The Notorious B.I.G.)다. 투팍과 비기*는 동전의 양면 같은 존재라고 할 수 있다. 투팍은 로스앤젤레스를 비롯한 미국 서부를 대표했고 비기는 뉴욕을 비롯한 동부를 대표했다. 투팍과 비기는 호형호제하고 지낼 만큼 사이가 좋았는데 투팍이 비기의 녹음실 로비에서 총을 맞고야 말았다. 투팍은 이때 무려 다섯 발의 총알을 맞았으며 곧바로 병원으로 후송돼서 수술을 받았다. 그리고 의사의 만류에도 불구하고 세 시간 만에 퇴원했는데, 다음날 재판을 받아야 했기 때문이다.

그 무렵, 투팍은 강간 혐의로 고소를 당한 상태였다. 투팍을 고소한 여성은 열아홉 살의 여자였는데 그녀는 클럽에서 투팍과 투팍의 친구들에게 성추행을 당했고 호텔에서 강간을 당했다고 주장했다. 그녀의 진술은 늘 엇갈리거나 번복됐고 결국 투팍은 강간 혐의에서 무죄를 선고받았다. 그러나 성추행 혐의는 인정받아 감옥에 갇히고야 만다.

감옥 역시 투팍을 막을 수는 없었다. 투팍이 감옥에 있을 당

_____

* 노토리어스 비아이지의 애칭.

시 발매한 《Me Against the World》는 빌보트 차트 1위를 차지했다. 이 앨범은 발매 7개월 만에 2백만 장 이상의 판매고를 올렸다. 한편 투팍은 감옥에서 음악 잡지인 『VIVE』와 인터뷰를 가졌는데, 재판 하루 전에 자신에게 총을 쏜 범인이 비기라고 주장했다. 비기는 이 주장을 부인했고 둘 사이는 걷잡을 수 없이 나빠진다. 그 유명한 동부와 서부의 전쟁이 시작된 것이다. 물론 투팍이 출소하기 전까지는 그리 심각하지 않았다. 그러나 투팍은 11개월의 수감을 끝으로 감옥에서 출소한다. '데스 로우'라는 레코드사와 계약을 체결하는 조건으로, 그 회사의 사장이 투팍의 보석금을 내주었기 때문이다.

투팍은 감옥에서 출소하자마자 《All Eyez on Me》를 발매했다. 이 앨범은 순식간에 5백만 장 이상 판매됐다. 정말이지 왕의 귀환이었다. 그리고 이때부터 투팍과 비기의 싸움이 시작됐다. 투팍은 《All Eyez on Me》 발매 직후 〈Hit'Em Up〉이란 곡을 발표했는데 이 곡은 비기를 욕하는 디스곡이었다. 이 곡에서 투팍은 자신이 비기의 부인인 페이스 에반스*를 따먹었다고 말했다. 아, 미국은 정말이지 스케일이 다르다.

투팍과 비기의 싸움은 무척이나 치열했다. 로스앤젤레스에서 열린 소울 트레인 시상식에서 투팍의 소속사인 '데스 로우'와 비기의 소속사인 '배드 보이' 직원들끼리 총싸움이 벌어지기도 했다. 언론은 연일 서부와 동부의 싸움 기사를 쏟아냈다. 이 치열한

---

* 미국의 여성 R&B 가수.

싸움은 투팍과 비기의 죽음으로 막을 내렸다. 투팍은 1996년 9월, 마이크 타이슨의 경기를 관람한 후, 클럽으로 향하던 길에 괴한들에게 총격을 받고 숨을 거뒀다. 비기 역시 투팍이 죽은 지 7개월 뒤에 새 앨범 홍보차 로스앤젤레스를 방문했는데, 이때 괴한들의 총을 맞고 숨을 거뒀다.

나는 다큐멘터리가 끝난 뒤에도 가슴이 먹먹해져 자리에서 일어나지 못했다. 투팍이 죽은 1996년 9월 13일은 내가 태어난 날이었다. 내가 전생에 나폴레옹이 아니라 투팍이었을 줄이야……

그날 이후, 투팍의 영혼이 내게 덧씌워진 느낌을 지울 수가 없었다.

1

나는 더이상 예전의 내가 아니었다. 투팍을 만난 순간부터, 아니 케빈을 만난 순간부터 내 인생은 모조리 달라졌다. 나는 보충수업 시간마다 케빈이 들려주는 투팍의 음악을 들었다. 공부라면 공부였다. 리스닝은 힙합. 독해는 투팍의 가사. 투팍의 가사를 해석할수록 나는 투팍이란 인물에 빠져들었다.

아, 투팍은 진정한 시인이었다. 실제로 투팍이 죽은 뒤에 투팍이 젊은 시절에 썼던 시들을 모은 『콘크리트에서 핀 장미』라는 시집이 발간되기도 했다. 투팍은 이 시집에서 별을 보며 눈물을 흘리는 빼어난 감수성과 자유를 사랑하는 모습을 보여줬다. 또한 가난한 흑인들을 대변했고, 흑인들의 삶에 무관심한 정부와 경찰을 비판하기도 했다. 물론 투팍이 이런 모습만 보인 것은 아니었다. 투팍은 복수란 여자를 따먹는 것 다음으로 달콤하다*는 말부터 시작하여, 누군가를 서슴없이 살해하겠다는 폭력적인 가사를 쓴 적도 있다. 또한 가끔은 돈 자랑도 했고, 또 어느 인터뷰에선 남자들은 여자를 멀리하고 딸딸이나 치는 게 낫다는 말을 하기까지 했다. 어떤 이들은 위선자라고 느낄 수도 있지만 그것은 투팍이란 인물을 제대로 이해하지 못하는 것이다. 누군가를 평가하려거든 그의 인생 전체를 봐야 한다고, 투팍이 말하지 않았던가 말이다. 가난한 흑인을 대변했던 투팍과 자신의 성공을 자랑했던 투팍, 이 모두가 그의 모습이다. 투팍은 이 양단의 거리를 오가며 늘 괴로워했다. 투팍은 자신의 성공에 심한 죄책감을 느꼈다. 거리의 흑인들은 자신과 달리 가난에 시달리며 마약을 하거나 총에 맞아 죽어갔기 때문이다. 그래서 그는 자신의 집을 가난하지만 발전 가능성이 있는 흑인들에게 개방하곤 했다. 이런 사실을 알려준 것은 케빈이었다. 케빈은 침이 마르도록 투팍을 찬양했다. 마치 원장이 홍 뭐시기란 사람을 찬양한 것처럼 말이다.

케빈은 투팍뿐 아니라 비기, 제이지, 나스, 에미넴, 릴 웨인, 더 게임, 닥터 드레, 스눕 독, 우탱 클랜, 카니예 웨스트, 50센트 같은 유명 래퍼들의 음악도 들려줬다. 또한 뉴욕의 왕 자리를 두고 다퉜던 제이지와 나스의 디스전, 에미넴의 가난했던 어린 시절의 이야기도 들려줬다. 그렇게 케빈의 이야기를 듣다가 다시 투팍의 노래를 듣고, 또 따라 불렀다.

---

* 투팍 〈hail mary〉 가사 중—Revenge is like the sweetest joy next to gettin pussy.

Haha Ain´t nuthin´ but a gangsta party(turn that shit up G)

Oh shit

You done fucked up now

You done just put to of Amerikaz most wanted in the

same mothafuckin´ place at the same mothafuckin´ time

Y´all niggaz ´bout to feel this. Break out the shampagne

glasses and the mothafuckin´ condoms. Have one on us a´

ight?*

내가 투팍이 되고 케빈이 스눕독이 되어 우리는 한 소절씩 랩을 주고받았다. "We are korea gangster! Oh, shit! I want condoms! I love sex!" 우리는 멋대로 투팍의 노래에 추임새를 넣었다. 그렇게 투팍의 노래를 부르면 흥에 겨워 절로 어깨가 들썩였다. 케빈은 가끔 음악에 맞춰 춤을 췄다. 그 춤은 씨워크**라는 춤이었는데 현란하게 발을 움직이는 동작이 주를 이루었다. 다리를 접었다가 펴면서 땅에 발바닥을 찍고, 또 앞꿈치와 뒤꿈치를 번갈아 들면서 이리저리 움직였다. 정말이지 발바닥에 기름칠이

---

* 투팍 〈2 of Amerikaz Most Wanted〉(feat. snoop dogg).

** 미국 로스앤젤레스의 유명 갱단 크립스(CRIPS)파에서 유래된 춤. 씨워크의 유래에 대해서는 많은 설이 있다. 마약 거래를 위해 말 대신 몸으로 하는 암호에서 시작되었다는 것과 동료가 죽었을 때 추모하기 위한 것, 또 누군가를 죽였을 때 췄던 것이라는 설이 대표적이다.

라도 한 듯 부드럽고 유연했다. 나는 넋을 잃고 케빈의 현란한 발 동작을 바라보았다.

"사실 이 춤엔 많은 사연이 있는데 말이지……"

그러나 그날은 케빈의 사연을 들을 수가 없었다. 멀리서 발소리 가 들려왔기 때문이다. 우리는 재빨리 음악을 끄고 자리에 앉아 문 제집을 펼쳐 들었다. 잠시 후, 강의실 문이 열리고 원장이 들어왔 다. 원장은 가뭄에 콩 나듯 내 보충수업을 확인하러 강의실에 들르 곤 했는데, 곧장 내게로 다가와서 내 머리를 쓰다듬으며 이런저런 안부를 물었다. 원장이 뒤돌아서 강의실 문을 나설 때, 케빈이 그 의 등뒤에서 문워크*를 췄다. 아, 그 유명한 마이클 잭슨의 춤까지 보게 될 줄이야…… 나는 원장의 발소리가 사라질 때까지 입을 벌 리고, 문워크를 추며 뒤로 나아가는 케빈의 모습을 지켜봤다. 케빈 이 문워크를 추며 내게로 다가왔다. 그리고 손으로 벌어진 내 입을 닫은 다음, 나를 일으켜세웠다. 케빈은 내게 씨워크를 알려주겠다 고 했다. 손사래를 칠 틈도 없이 케빈이 손수 두 손으로 내 무릎을 접었다 펴며 씨워크 추는 법을 알려줬다. 나는 케빈이 알려주는 대 로 앞꿈치를 들면서 무게중심을 뒤꿈치에 주고 또 그러면서 무릎 을 접었다 펴며 씨워크를 췄다. 처음 추는 씨워크는 어려웠지만 재 미있었다. 케빈은 옆에서 계속 내 자세를 교정해줬다. 그러면서 내 가 씨워크를 마스터하면 문워크도 알려주겠다고 했다. 나는 신이 나서 집으로 돌아갈 때까지 케빈과 함께 씨워크를 췄다.

---

*Moon-Walk, 달 위를 걷는다는 뜻에서 유래한 마이클 잭슨의 춤.

2

늦은 밤까지 케빈과 함께 씨워크를 추다가 학원 앞에 주차되어 있는 엄마 차로 향했다. 차에 타자 엄마가 내 얼굴을 물끄러미 바라보며 물었다.

"공부가 재밌니?"

엄마는 내가 이렇게 활짝 웃는 모습을 처음 본다면서 학원에 보내기를 잘했다고 말했다. 나는 크게 고개를 끄덕였다. 엄마는 활짝 웃으며 이런 마음가짐이라면 다가오는 기말고사에서 좋은 성적을 받을 테고, 특목고 입학도 문제없을 거라고 말했다. 엄마의 말을 듣자 그동안 읽었던 책들과 내 책상에 붙여놓은 포스트잇이 떠올랐다. 아, 김유신이 말의 목을 벴을 때가 언제였더라……

3

다음날, 나는 케빈에게 내가 꼭 특목고를 가야 하는지 물었다.

"브라더는 왜 특목고에 가려고 하는데?"

그걸 알고 싶어서 물어본 게 아닌가. 물론 예전이었다면 자신 있게 대답할 수 있었다. 내가 겪어온 시간이 다른 의미를 가질 수 있으니까요!라고. 그러나 그것은 내가 겪어온 시간이 힘들고 불행했다는 가정에서 비롯되는 일이었다. 지금도 예전과 같은 마음인지는 아리송했다. 케빈과 함께한 순간부터 '불행'이란 그저 낯선 단어처럼만 느껴졌다. 단어. 정말이지 그것은 감정이 아니라 단어일 뿐이었다. 그러나 이런 말을 하기엔 뭔가 쑥스러웠고 그래서 나는 그동안 읽은 책의 내용들을 얼버무리며 말했다. 그러니깐 대충 남자로 태어나 큰 꿈을 갖고 더 높은 곳을 향해 도전하고 대한민국을 넘어 세계를 이끌어가는 리더가 되고 싶다는, 뭐 그런 말이었다. 케빈은 내 말을 듣자 인상을 찡그리며 말했다.

"사람은 씨팔…… 누구든지 오늘을 사는 거야."*

그러면서 황순원인지 황석영인지 하는 소설가는 힙합을 이해하고 있다고 했다.

"하지만 브라더는 공부를 열심히 해야 해."

도대체 갈피를 잡을 수가 없었다. 특목고를 가야 할 게 아니라면 왜 공부를 해야 한단 말인가. 케빈은 이런 내 마음을 읽었는지 다시 말을 이었다.

"브라더가 성적이 떨어져서 학원을 관두면 나도 학원을 관둬야 하니깐. 나랑 헤어지고 싶어?"

아, 그건 죽음보다 싫었다. 나는 다가오는 기말고사에서 기필코 좋은 성적을 거두겠다고 말했다. 내 말을 듣자 케빈이 활짝 미소를 지었다. 활짝 웃는 케빈의 표정을 보자 내 얼굴에도 미소가 지어졌다.

물론 힙합에 영혼까지 빼앗겼으니 공부에 집중하는 것이 쉬운

---

* 황석영 『개밥바라기별』에서 따옴.

일은 아니었다. 그러나 케빈과 계속 만나기 위해서는 공부를 해야만 했다.

기말고사가 열흘 앞으로 다가왔을 때 나는 애써 힙합을 멀리하며 다가오는 기말고사 공부에 열을 올렸다.

4

전교 9등. 나쁘지 않은 성적이었다. 엄마는 너무 웃어서 입꼬리가 귀에 걸릴 지경이었다. 그러나 나는 하나도 기쁘지 않았다. 왜냐면 케빈과 헤어져야 했으니깐. 아, 이건 전혀 예상하지 못한 일이었다. 영원한 줄로만 알았던 우리의 만남에 이별이라니……

기말고사를 치른 뒤, 나는 자사고 보충반으로 편성됐다. 그러면서 자연스레 내 보충수업이 사라진 것이다. 나중에 안 사실이지만 케빈은 내 보충수업을 위한 임시직일 뿐이었다. 아, 원장은 교활할 뿐만 아니라 악독하기까지 했다. 미리 이 사실을 알았다면, 나는 결코 전교 9등을 하지 않았을 것이다.

나는 학교가 끝나자마자 학원으로 가서 또래들과 함께 밤늦게까지 수업을 받았다. 주말엔 저녁 여섯시까지 토플 시험과 여러 경시대회를 대비하는 수업을 받았다.

보충반에서 수업을 들을 때마다 케빈이 보고 싶었다. 원래 이 시간에 케빈과 함께 씨워크를 취야 하는데…… 이런 생각이 들 때면 괜스레 무릎이 시려왔다. 나도 모르게 자주 무릎을 떨었다.

그럼 수업을 하던 선생이 지적했고 나는 말없이 선생을 노려봤다. 원래 저 선생의 자리는 케빈의 자리가 아닌가! 이런 생각이 들면 더욱더 케빈이 그리웠다.

가끔 저녁을 먹으러 가는 길에 케빈에게 전화를 걸어서 안부를 물었다. 내 전화를 받은 케빈은 울적한 목소리로 일자리를 알아보는 중이라고 했다. 그러자 인터넷 검색창의 연관 검색어처럼 비정규직으로 신음하는 사람들과 일자리를 잃고 철탑 위로 올라가는 사람들이 떠올랐다. 나는 그때 『청춘이니까 아픈 거다』 같은 책을 쓴 어른들에게 묻고 싶었다. 왜 그들은 청춘도 아닌데 아파하는지에 대해서.

5

늦은 새벽, 책상에 앉아 단어집을 펼쳤다. 두 달 뒤에 있을 토플 시험을 위해 나는 매일 백 개의 영단어를 암기해야만 했다.

마치 밤하늘에 떠 있는 별들처럼, 내 방 천장에 붙여놓은 야광들처럼, 내가 외워야 할 백 개의 단어 중에 유독 눈에 밟히는 단어들이 있었다. 나는 공책 여백에 그 단어들로 뭔가를 끄적거렸다.

이것은 모순(contradiction)이다. 나는 여전히 케빈을 갈망(crave)한다. 잘못된(errant), 가혹한(harsh) 시간. 그래도 견디어야겠지? 터져나오는 울음을 억지로 삼킨다(swallow).

나도 모르게 뚝뚝, 눈물이 흘렀다. 케빈이 보고 싶었다. 그리고 그 순간, 정말이지 신비로운 일이 벌어졌다. 아, 내 간절한 그리움이 케빈에게 가닿았던 걸까…… 케빈에게서 전화가 걸려온 것이다. 케빈에게서 먼저 전화가 걸려온 것은 그때가 처음이었다. 나는 전화가 끊길까봐 황급히 받았다. 케빈은 내게 이런저런 안부를 물은 뒤 긴히 할말이 있다고 했다.

"브라더에게 문워크를 가르쳐주고 싶어."

아…… 케빈은 내게 했던 약속을 잊지 않고 있었다. 감격해서 아무 말도 나오질 않았다. 다시 눈물이 흘렀다. 수화기 너머로 계속 케빈의 목소리가 들려왔다. 케빈은 문워크를 가르쳐주기 위해선 자신이 내 과외 선생이 되어야 한다고 했다. 주말엔 오후 여섯시까지 학원에서 수업을 받으니까 그 이후에 함께하자는 것이었다. 나는 전화를 끊자마자 엄마 방으로 달려가서 자고 있던 엄마를 깨웠다. 나는 엄마에게 과외를 받겠다고 했다. 다른 아이들은 학원에 다니면서 따로 과외를 받는데 그래서인지 학원에서 뒤처진다는 게 그 이유였다. 거짓말은 아니었다. 학원에 다니는 대부분의 아이들은 따로 과외를 받았다. 내 말을 듣자 졸음이 가득했던 엄마의 얼굴이 걱정스럽게 변했다. 엄마가 고개를 끄덕이자마자 나는 그 자리에서 케빈에게 전화를 걸었다.

6

　토요일 저녁, 집으로 케빈이 찾아왔다. 케빈이 식탁 의자에 앉자마자 엄마가 물었다.

　"수업은 어떤 식으로 할 거죠?"

　"브라더, 아니, 성준이에게 리얼 영어를 가르칠 겁니다."

　케빈이 자신만만하게 대답했다. 케빈은 엄마에게 진정한 영어는 강의실에서 배울 수가 없다고 했다. 그러면서 자신의 방식이야말로 바로 미국식 교육이라고 말했다. 사실 케빈이 오기 전에 미리 케빈에게 미국식 교육이나 전문적인 용어를 슬쩍 언급하라고 귀띔해줬다. 엄마는 늘 미국식이나 자신이 모르는 말에 사족을 못 썼다. 엄마가 호기심을 갖자 케빈이 계속 말을 이었다. 케빈은 학원에서 가르치는 영어는 입시 영어일 뿐이며 진정한 영어가 아니라고, 만약 지금 영어를 잘못 배우면 내가 미국에 가서 크게 고생을 할 거라고 했다. 케빈은 미국에 있을 당시 나 같은 유학생을 너무 많이 봤다며, 그들은 모두 마약중독에 빠지거나 자살을 했다며 슬픈 표정을 지었다. 케빈의 말을 듣자 엄마의 안색이 창백하게 변했다. 케빈은 너무 걱정은 말라고, 자신에게 과외를 받는다면 그런 일은 일어나지 않을 거라고 엄마를 안심시켰다.

　"그런데 과외는 어디서 할 거죠?"

　엄마가 케빈에게 물었다. 당연히 집이나 집 근처의 민들레 영토 같은 카페라고 대답할 줄 알았다. 그러나 케빈은 홍대나 이태원에서 할 거라고 말했다. 내가 외국인들과 자주 부딪쳐야 한다는 게 그 이유였다. 아, 케빈은 정말이지 발상부터 남달랐다. 나는 이런 과외를 듣도 보도 못했다. 케빈과 함께 말로만 듣던 홍대와 이태 원을 거닐 생각을 하자 절로 신이 났다. 당장 내일부터, 아니 오늘부터 과외를 받고 싶었다. 그런데 내 예상과 달리 엄마의 반응이 이상했다. 당연히 고개를 끄덕일 줄 알았던 엄마는 굳은 표정이 되어 나중에 연락을 주겠다고 말했다. 케빈이 엉거주춤 의자에서 일어나 집을 나섰다. 나는 아파트 입구까지 케빈을 배웅했다. 케빈의 축 처진 어깨를 보자 괜스레 미안한 마음이 들었다. 나는 케빈에게 무슨 수를 써서라도 엄마를 설득시키겠다고 말했다.

"꼭 좀 부탁할게, 브라더……"

케빈이 내 어깨에 손을 올리며 말했다. 나는 비장하게 고개를 끄덕였다.

집으로 돌아가자마자 엄마에게 버럭 소리를 질렀다.

"도대체 왜 그래!"

엄마가 고개를 가로저으며 말했다.

"관상이 별로야."

아, 씨발! 진짜로 욕이 튀어나올 뻔한 것을 간신히 참았다. 나는 케빈에게 과외를 받지 못한다면 특목고에 가지 않을 거라고 으름장을 놨다. 내 말을 듣자 엄마는 다른 과외 선생을 알아봐주겠다고 했다. 아, 그건 아무런 의미도 없다. 나는 케빈이 아니라면 그 누구에게도 과외를 받지 않을 거라며 방으로 되돌아갔다. 그리고 케빈에게 전화를 걸었다. 전화를 받은 케빈의 목소리에는 기대감이 잔뜩 묻어 있었다. 그 목소리를 듣자 조금 전보다 훨씬 더 미안해졌다. 나는 조금만 기다려달라고, 그리고 걱정하지 말라는 말만 반복했다. 케빈이 다시 말했다.

"꼭 좀 부탁할게. 브라더……"

나는 다시 비장하게 고개를 끄덕였다.

7

며칠 후, 집으로 엄마가 직접 수소문한 과외 선생이 찾아왔다. 식탁에 엄마와 나, 그리고 과외 선생이 마주앉았다. 그는 과외 경력만 10년이 넘으며 자신이 가르친 제자들을 모두 특목고로 진학했다고 너스레를 떨었다. 엄마가 흡족한 표정을 지으며 말했다.

"성준아, 선생님께 앞으로의 각오를 말씀드리렴."

선생과 엄마의 시선이 내 얼굴로 향했다. 나는 선생의 얼굴을 빤히 쳐다보며 또박또박 힘주어 말했다.

"아바다 케다브라."

나는 이 말을 한 뒤 곧장 자리에서 일어나 방으로 들어갔다. 정말이지 각오라면 각오였다. 케빈에게 과외를 받지 못한다면 나는 진짜로 살인을 저지를 테다.

잠시 후, 현관문 열리는 소리가 들리고 내 방으로 엄마가 들어왔다. 엄마는 아바다 케다브라, 가 대체 무슨 말이냐고, 선생의 표정이 왜 저리 험악하게 일그러졌느냐고 물었다.

"관상이 별로라는 말이었어."

내 말을 듣자 엄마는 잔뜩 성이 나서 내가 무조건 과외를 받아야 한다고 말했다. 이번만큼은 나도 물러서지 않았다. 설령 엄마가 인천으로 차를 몰며 협박을 하더라도 말이다.

매일 학원이 끝나고 집으로 가는 차 안에서 앓는 소리를 해댔다. 과외를 받는 종안이는 이번주 시험에서 만점을 받았는데…… 푸름이랑 왕혁이도 이제 곧 과외를 시작한다는데…… 나는 돈이나 낭비하는 쓰레기가 되겠지……

내가 그렇게 앓는 소리를 일주일 정도 해대자 엄마는 결국 꼬리를 내렸다. 아오, 진작 그럴 것이지!

다시 케빈이 집으로 찾아왔다. 엄마는 케빈에게 홍대나 이태원은 내가 아직 어리고, 또 공부를 하는 데 방해가 될 수도 있으니 가지 말라고 부탁했다. 그리고 그중에서도 이태원은 절대로 안된다고 신신당부했다. 케빈은 순순히 고개를 끄덕였다.

아…… 나는 다시 케빈과 함께할 수 있었다. 비록 일주일에 두 번, 오후 여섯시부터 열시까지였지만 그것만으로도 날아갈 것처럼 기뻤다.

케빈과 함께

1

　토요일 저녁, 학원이 끝나자마자 평촌 중앙공원으로 달려갔다. 그곳이 케빈과 내가 만나기로 한 장소였다. 나는 빈 벤치에 앉아 케빈을 기다렸다. 그리고 그렇게 케빈을 기다리는 동안, 다가오는 모든 발자국은 내 가슴에 쿵쿵거렸다. 케빈이 오기로 한 그 자리, 내가 미리 와 있는 이곳에서, 스쳐지나가는 모든 사람이 케빈이었다가, 케빈이었다가, 케빈일 것이었다가……* 아, 세상에서 기다리는 일처럼 가슴 아리는 일이 있을까…… 새삼 어린 시절이 떠올랐다. 어린 시절에도 이렇게 누군가를 애타게 기다린 적이 있다.

　그날은 운동회였다. 구름 한 점 없이 맑고 높은 가을 하늘. 고

---

*황지우 「너를 기다리는 동안」에서 따옴.

추잠자리들은 마치 철새처럼 여러 나라를 오갔다. 미국이며 일본이며 중국이며 프랑스며 독일이며, 그리고 이름 모를 수많은 나라까지. 만국기가 펄럭이는 나무 아래에서 나는 태성이 형 가족과 함께 돗자리를 펼쳐놓고 도시락을 먹었다. 나라 아줌마가 싸온 김밥과 사이다를 먹으며 계속 학교 입구를 힐끔거렸다.

점심을 먹은 뒤 줄다리기를 할 때도, 모래주머니를 던지며 박을 터뜨릴 때도, 14인 15각을 할 때도, 나는 경기에 집중하지 못했다. 어느덧 해가 저물고, 하늘이 붉게 물들었을 때, 운동회의 마지막 순서인 계주가 시작됐다. 그러나 내 시선은 운동장이 아니라 학교 입구에 머물렀다. 귓가로 아이들의 환호와 탄식이 들려왔지만 고개를 돌릴 수가 없었다. 나는 그날 계주에서 어느 팀이 먼저 들어왔는지 보지 못했다.

계주가 끝난 뒤 아이들은 운동장에 정렬했다. 홍팀 대표가 단상에 올라가서 교장 선생님께 우승 트로피를 건네받았을 때, 나도 모르게 울음이 터졌다. 다행히 나와 함께 청팀 옷을 입은 아이들도 울음을 터뜨렸다. 나라 아줌마는 내 등을 토닥이며 말했다.

"괜찮아. 내년에도 운동회가 있잖니."

그러나 내년 운동회도 마찬가지였다. 나는 운동회 때마다 늘 태성이 형 가족과 밥을 먹었다. 운동회뿐만이 아니다. 어린이날도, 크리스마스에도, 졸업식에도, 입학식에도, 나는 늘 태성이 형 가족과 함께했다. 가끔은 이모네 식구와 외삼촌 식구가 그 자리를 대신했다. 그때마다 나는 내가 버림받은 짐짝처럼 느껴지곤 했다. 중학교에 입학해서 가장 기뻤던 것은 더이상 어린이날이나 크리스마스를 가족과 보내지 않아도 된다는 것이었다.

지난 기억들이 떠오르자 다시 그때의 일이 반복되지는 않을까, 걱정이 들었다. 나는 주머니에서 핸드폰을 꺼내들었다. 핸드폰 액정에는 PM 06 : 05이라고 적혀 있었다. 잠금을 해제하고 케빈에게 전화를 걸려는 순간, 멀리서 헤이 브라더!라고 외치는 목소리가 들려왔다. 고개를 돌리니 케빈이 내게 달려오고 있었다.

"늦어서 미안해."

케빈이 숨을 헐떡이며 말했다. 케빈의 말을 듣자 갑자기 무언가가 치밀었다. 나는 치밀어오르는 무언가를 간신히 참았다. 케빈은 내 머리를 쓰다듬은 뒤 곧장 문워크를 가르쳐줬다. 나는 케빈이 알려주는 대로 앞꿈치에 힘을 주어 뒤꿈치를 들었다가 내리면서 뒤로 나아갔다. 옆에서 케빈이 추임새를 넣었다.

"좋아, 마치 달 위를 걷는다는 기분으로."

그렇게 한 걸음 한 걸음씩 문워크를 추며 뒤로 나아가는 동안, 주위의 풍경이 눈으로 들어왔다. 분수대에서 물장구를 치는 아이들, 스케이트를 타는 젊은이들, 농구하는 남자들, 손을 꼭 쥐고 벤치에 앉아 사랑을 속삭이는 연인들, 선팅캡을 쓰고 두 팔을 씩씩하게 저으며 걷는 아줌마들, 개를 끌고 산책하는 가족들. 매일 마주치는 풍경이었지만 나는 한 번도 누군가에게 그 풍경이었던 적이 없었다. 그러나 케빈과 함께하면서 난생처음으로 그 풍경이됐다. 아, 처음으로 달 위를 걸었던 사람의 심정이 그때의 나와 같았을까…… 나는 문워크를 추다 말고 울컥, 눈물을 쏟았다. 케빈이 내게로 다가와서 무슨 일이냐고 물었다. 아무런 말도 나오질 않았다. 케빈은 멀뚱히 서 있다가 찬찬히 고개를 끄덕이며 투팍의 노래를 흥얼거렸다.

Keep ya head up, oooo, child things are gonna get easier
Oooo, child things are gonna get brighter[*]

케빈의 노래를 듣자 더 크게 울음이 터졌다. 그러면서 이상하게 웃음도 새어나왔다. 울다가 웃다가…… 이제 내 똥구멍엔 털이 나겠지. 그래도 상관은 없었다. 나는 두 손으로 눈물을 닦고 케빈과 함께 투팍의 노래를 불렀다.

해는 저물었지만, 어딘가에서 밝은 빛이 떠오르고 있었다.

나는 그날 열시까지 케빈에게서 문워크를 배웠다. 간간이 씨워크도 췄다. 시간은 눈 깜짝할 사이에 흘렀다. 열시가 다가왔을 때 우리는 내일을 기약하며 작별했다. 집으로 가는 동안 케빈의 얼굴을 1초라도 더 보고 싶어서 문워크를 추며 집으로 향했다. 덕분에 두 번이나 엉덩방아를 찧었지만 하나도 아프지 않았다. 케빈이 멀리서 활짝 웃으며 손을 흔들었다. 나도 케빈을 따라 손을 흔들었다.

고마워요, 브라더……!

[*] 투팍의 앨범《Strictly 4 My N.I.G.G.A.Z.》11번 트랙〈Keep Ya Head Up〉.

2

일요일 저녁, 케빈과 나는 홍대로 향했다. 나는 그전까지 홍대에 가본 적이 한 번도 없었다. 갈 뻔한 적이 몇 번 있었지만 그때마다 엄마가 가지 못하게 했다. 애들은 그런 곳에 가는 게 아니라면서 말이다. 케빈은 나를 애들이 아니라 진정 브라더라고 생각하는 게 틀림없었다.

나는 그날 케빈이 알려준 대로 나이키 올백 포스 신발을 신고 XL 사이즈 흰색 무지 티에 허리가 두 치수나 큰 리바이스 청바지를 입었다. 현재 미국 힙합신에서 왕이라 불리는 제이지는 〈Swagga Like Us〉라는 곡에서 자신은 스키니진을 입지 못한다고 했다. 왜냐면 돈이 너무 많아서 다 넣을 수 없다는 것이다.* 케빈은 이 가사를 일컬어 이것이야말로 진정한 힙합의 자세이며 이런 자신감이 지금의 제이지를 만들었고 그래서 제이지가 비욘세와 결혼할 수 있었다고 했다. 그 곡을 들은 날, 나는 집으로 돌아가서 옷장에 있던 스키니진을 모조리 의류수거함에 넣었다.

케빈은 내 옷차림을 보자 바지를 내려주며 팬티가 보여야 한다고 말했다. 나는 한껏 바지를 내린 뒤 홍대로 가는 지하철에 몸을 실었다.

---

* 미국의 유명 래퍼. 미국 경제전문지 포브스에 따르면 2012년을 기준으로 제이지의 재산은 4억 7천5백만 달러(약 5천3백억)라고 한다.

주말 저녁이라 그랬는지 홍대엔 사람들이 넘쳐났다. 스키니진을 입은 가난한 남자들과 요란한 색으로 머리를 물들인 여자들. 또 길거리에서 기타와 젬배를 연주하며 노래를 부르는 사람들까지. 참으로 다양한 사람들을 홍대에서 볼 수 있었다. 옷가게와 술집, 카페, 어느 번화가에서나 흔히 볼 수 있는 가게였지만 홍대에 있는 가게들은 뭔가 특별해 보였다. 우리는 홍대 구석구석을 구경하다가 길거리에서 파는 케밥을 사 먹었다. 입안에 매콤한 맛이 감돌고 코끝이 찌릿해졌다. 우리는 허기를 채운 뒤 근처의 벤치로 향했다. 케빈은 벤치 앞에 있는 편의점에서 맥주를 사왔다. 케빈이 내게 맥주 한 캔을 건넸다. 나는 한 번도 술을 마셔본 적이 없어서 손사래를 쳤다. 케빈은 미국에선 초딩들도 술을 마신다고 했다. 잠깐 망설인 끝에 케빈이 내미는 맥주 캔을 받아들었다. 그리고 CF의 한 장면처럼 벌컥 맥주를 들이켰다. 하지만 한 모금도 삼키지 못하고 입안에 있던 맥주를 모조리 뱉었다. 혓바닥이 타들어갈 듯이 따가웠고 목에 사래가 들려서 계속 기침이 터졌다. 케빈은 깔깔 웃으면서 그 쓰디쓴 맥주를 벌컥벌컥 들이켰다. 그리고 케빈은…… 취했다. 케빈은 홍당무처럼 붉어진 얼굴과 게슴츠레한 눈빛으로 새로운 맥주를 꺼내들고 자신의 이야기를 털어놓았다. 미국에서 보낸 시간 말이다. 아, 케빈이 들려주는 이야기는 믿기 힘들 만큼 놀라움의 연속이었다.

3

케빈은 열여섯 살이 되던 해, 가족과 함께 미국 로스앤젤레스로 이민을 떠났다. 한국에 있을 당시 케빈은 김규남을 능가하는 양아치였다. 사실 케빈의 부모가 이민을 결심한 것은 순전히 케빈 때문이었다. 대한민국의 어느 학교에서도 문제아인 케빈의 입학을 허락하지 않았다. 갈 수 있는 학교라곤 기독교 대안학교뿐이었는데, 케빈의 부모는 기독교 학교를 보낼 바엔 차라리 미국으로 갑시다!라며 미국행을 결심한 것이다. 케빈은 미국으로 향하는 비행기에서 부모님께 두 번 다시 말썽을 부리지 않겠다고 약속했다.

케빈의 가족이 자리를 잡은 로스앤젤레스엔 이미 많은 한인들이 거주했다. 그러나 케빈은 영어 실력을 늘리기 위해 일부러 한인들과 어울리지 않았다. 한인들과 어울리지도 않고 영어 실력도 변변치 못한, 왜소한 체구의 동양인을 환영하는 사람은 아무도 없었다. 케빈은 입학한 학교에서 지독한 인종차별에 시달렸다. 많은 사람들이 교실에서, 복도에서, 화장실에서, 수영장에서, 테니스장에서, 농구장에서, 운동장에서, 케빈과 마주칠 때마다 코를 쥐며 퍽킹 킴치맨, 이라고 외쳐댔다. 심지어 학교 수위가 키웠던 치와와도 케빈을 보면 킴치, 라고 짖어댔다.

"그래서 가만히 있었어요?"

내가 화를 내며 묻자 케빈이 인상을 쓰며 말했다.

"내가 가만히 있었겠어? 어?"

그럴 리가 없지. 나는 끼어든 것을 반성하며 다시 케빈의 이야기를 경청했다. 사실 케빈은 가만히 있었다. 물론 그곳이 한국이었다면 그들은 하늘나라에서 투팍을 만났을 테지만 케빈은 비행기에서 부모님과 한 약속을 떠올리며 꾸욱 참았다. 케빈은 자신의 영어가 유창해지면 자연히 그들과 어울릴 수 있다고 생각했다. 그래서 볼펜을 물고 밤새 영어 발음을 연습했다. 어금니가 시리고 침이 흐를 때면 괜스레 코끝이 시큰해지기도 했다.

이런 눈물겨운 노력 끝에 케빈의 영어 실력은 일취월장했고, 케빈은 불과 두 달 만에 동양인 중 가장 뛰어난 영어를 구사할 수 있었다. 인종차별을 일삼던 아이들과 그것을 묵인했던 선생들은 대번에 케빈이 대범한 인물임을 깨닫고 자신들이 저지른 잘못을 후회했다. 많은 사람들이 마치 고해성사를 하듯 케빈에게 와서 용서를 구했다.

"매력은 말이야. 숨기려 해도 숨길 수가 없는 거야."

케빈이 어느새 맥주 한 캔을 다 비웠다. 케빈은 내가 바닥에 내려놓은 맥주를 쥐어들고 다시 말을 이었다. 케빈의 말마따나 케빈의 매력은 숨기려 해도 숨길 수가 없는 것이었다. 사람들은 날이 갈수록 케빈의 매력에 빠져들었다. 덕분에 학교 곳곳에선 매일 싸움이 벌어졌다. 여러 인종이 케빈을 자신의 무리에 영입하려고 했다. 동양인과 백인의 싸움, 동양인과 히스패닉의 싸움, 동양인과 흑인의 싸움, 흑인과 백인의 싸움, 백인과 히스패닉의 싸움, 흑인과 히스패닉의 싸움. 케빈은 늘 싸움의 현장으로 달려가야만 했다. 케빈은 싸움하는 사람들에게 자신을 구속하거나 옭아

매려는 어리석은 행동을 한다면 학교를 떠나겠다고 으름장을 놓았다. 사람들은 그제야 자신들의 어리석음을 뉘우쳤다. 케빈의 그릇은 어느 무리에 속할 수 없을 만큼 넓었으니깐 말이다.

덕분에 학교에는 개교 이래 처음으로 평화가 깃들었다. 많은 사람들이 학교의 평화와 발전, 그리고 케빈에게 잘 보이려는 속물적인 욕심으로 케빈을 전교 회장으로 추대하려 했다. 그러나 케빈은 이 역시 단번에 거절한다. 전교 회장직 역시 자신을 구속하고 옭아맬 테니 말이다. 결국 그 자리는 케빈 옆집에 사는 재미교포에게로 돌아갔다. 그가 선거 유세에서 한 말은 딱 한마디였다.

"저는 케빈 옆집에 삽니다."

그날도 케빈은 방과후 학교 근처 농구장에서 친구들과 농구를 하는 중이었다. 그러나 케빈은 농구가 즐겁지 않았다. 아이들이 공만 잡으면 케빈에게 패스를 했으니 말이다. 심지어 상대편마저 케빈에게 패스를 하곤 했다. 케빈이 드리블을 하면 모세의 기적이 일어났다. 케빈은 게임은 게임일 뿐이라고 소리를 질렀지만, 아이들의 몸속 깊이 각인된 속물적인 행동은 쉽사리 고쳐지지 않았다.

케빈이 그 지루하고 재미없는 농구 게임을 마무리짓기 위해 덩크슛을 하려는 순간, 어디선가 총소리가 울려퍼졌다.

잠시 후, 농구장으로 한 무리의 흑인들이 나타났다. 그들은 허공에 총을 쏘며 농구장에 있던 사람들에게 엎드리라고 소리를 질렀다. 농구장에 있던 사람들이 모두 겁에 질려 바닥에 엎드렸다. 하지만 케빈은 엎드리지 않았다. 케빈은 자신의 부모를 제외하고, 단 한 번도 그 누구에게 무릎을 꿇은 적이 없었으니 말이다.

순식간에 흑인들이 케빈을 둘러쌌다. 총을 쥔 사내가 케빈의 가슴팍에 총구를 겨누며 죽고 싶냐고 물었다. 케빈은 피식 웃기만 했다. 흑인들도 케빈을 따라 웃었다. 어떤 흑인은 태권도 품새를 흉내내며 깐족거렸다. 케빈은 자신이 코리안이며 코리안은 비겁하게 무기 따위는 사용하지 않는다고 말했다. 그러면서 남자답게 싸우자는 제안을 건넸다. 흑인들이 흔쾌히 고개를 끄덕였다. 눈 깜짝할 사이 케빈의 정강이가 총을 쥔 사내의 머리통에 꽂혔다. 그 흑인이 바닥으로 고꾸라지기도 전에 다른 흑인들도 차례대로 케빈의 발에 희롱을 당했다. 정말이지 순식간의 일이었다. 케빈은 이때의 일이 전설이 되어 지금도 'LA 제2농구장 대첩'이라고 불린다고 했다. 아, 실로 놀라운 이야기였다. 그러나 이것은 앞으로 벌어질 일에 비하면 아무것도 아니었다.

그날 이후, 케빈은 마치 할리우드 스타처럼 유명세에 시달렸다. 그날 케빈과 함께 농구를 했던 아이들은 자신의 성정체성을 의심했다. 국적과 인종, 나이, 성별, 종교 이 모든 것은 사랑 앞에서 편견에 불과했다. 많은 사람들이 교실에서, 복도에서, 화장실에서, 수영장에서, 테니스장에서, 농구장에서, 운동장에서, 케빈에게 사랑을 고백했다. 그중엔 앤젤리나 졸리를 닮은 로스엔젤레스 최고의 미녀도 있었다.

그녀는 그날, 우연히 농구장 근처를 지나가다가 그 장면을 목격했고 당연히 케빈에게 뻑이 가고야 말았다. 그러나 케빈은 그녀의 입이 크다는 이유로 무려 세 번이나 그녀의 고백을 거절했다. 그녀는 고백을 거절당할 때마다 교회로 달려가서 자신에게 큰 입을 허락하신 하나님을 저주했고 또 부모를 원망했다. 그녀의 베갯잇은 마를 날이 없었고 사람들은 항상 그녀의 번진 마스카라를 목격했다. 그녀는 결국 케빈과 사귀고야 만다.

그녀는 부모가 집을 비운 사이, 파티를 열었다. 많은 사람들이 그녀의 초청을 받고 파티에 참석했는데 케빈 역시 그중 한 명이었다. 그녀는 긴히 할말이 있다며 케빈을 자신의 방으로 유인했다. 방문이 닫히자마자 그녀는 순식간에 자신의 윗도리를 벗었다. 그때 그녀는 브래지어도 하고 있지 않았다. 아, 실로 요망한 여인이었다. 그녀는 재빨리 무릎을 꿇고 케빈의 바지와 벨트를 풀어젖혔다. 케빈은 그녀의 행동을 만류했지만, 본능은 열여섯 소년이 감당하기엔 실로 벅찬 것이었다.

"입이 큰 게 꼭 나쁜 건 아니더라고."

케빈이 나를 보며 음흉한 미소를 지었다. 나는 더 자세하게 이야기해달라고 졸랐는데 케빈은 그녀 생각을 하면 지금도 괴롭다며 손사래를 쳤다. 아, 실로 놀라운 이야기였다. 그러나 이 이야기 역시 다음에 벌어질 일에 비하면 아무것도 아니었다.

앤젤리나 졸리를 닮은 그녀와 물고 빨며 달콤한 시간을 보낸 것도 잠시, 케빈에게 커다란 시련이 닥친다. 케빈이 농구장에서 혼내준 흑인들은 로스앤젤레스에서 가장 악명 높은 갱단인 CRIPS파였던 것이다. CRIPS파는 자신들이 당한 모욕을 되갚기 위해 매일 학교 앞에 나타나 케빈을 기다렸다. 그러나 케빈이 누군가. 바로 코리안 아닌가. 케빈은 어린 시절 깡통차기와 술래잡

기에서 단련된 빠른 발을 이용해서 매일 그들을 따돌렸다. 마음만 먹으면 그들이 타고 온 자동차를 훔칠 수도 있었지만, 날이 갈수록 학교의 분위기가 흉흉해지고 친구들이 위협을 당하는 모습을 보자 마음을 고쳐먹었다.

그날 저녁, 케빈은 가족과 앤젤리나 졸리를 닮은 여자친구에게 각각 편지 한 통씩을 남기고 홀로 CRIPS파의 아지트로 향했다.

CRIPS파의 아지트는 로스앤젤레스 번화가에 위치한 클럽이었는데 케빈이 나타나자 순식간에 CRIPS파가 케빈을 둘러쌌다. 케빈은 태연하게 두목을 만나겠다고 말했다. 졸개로 보이는 남자가 다급하게 클럽 안팎을 들락거렸고 케빈은 CRIPS파에 둘러싸인 채 두목이 있는 방으로 안내됐다.

두목은 소파에 앉아 쿠바산 시가를 물고 있었다. 그리고 두목 발치에서 옷을 홀딱 벗은 여자 두 명이 무릎을 꿇은 채로 두목의 자지를 빨고 있었다. 케빈은 두목의 자지가 자신의 팔뚝만해서 잠깐 주눅이 들었지만 태연한 표정을 유지했다.

"네가 그 유명한 브루스 리냐?"

두목이 케빈에게 물었다. 케빈은 말없이 두목을 향해 가운뎃손가락을 치켜들었다. 흥분한 CRIPS파들이 총을 꺼내들고 케빈의 관자놀이와 가슴팍에 총구를 겨눴다.

"쏠 테면 쏴라. 비겁한 새끼들."

케빈의 말을 듣고 두목이 자리에서 벌떡 일어섰다. 발기된 두목의 자지가 총처럼 케빈을 겨눴다. 이제야 말하지만 총보다 두목의 자지가 더 무서웠다고 말했다. 나는 왜냐고 물었고 케빈은 크면 알게 될 거라고 대답했다. 자, 다시 로스앤젤레스로. 두목이 품에서 총을 꺼내 케빈을 겨누며 후회하지 않느냐고 물었다. 케빈은 다시 가운뎃손가락을 치켜들며 두 눈을 질끈 감았다. 그 순간, 케빈의 머릿속으로 고국에서 보낸 16년의 세월이 주마등처럼 스쳐지나갔다. 친구들에게 함부로 손찌검을 하고, 삥을 뜯고, 술을 마시고, 담배를 피우고, 다른 지역으로 가서 패싸움을 벌이고…… 이게 다 내가 고국에서 저지른 잘못에 대한 업보구나, 라고 생각했을 때 케빈의 귀로 총을 장전하는 소리가 들려왔다. 딸깍. 곧이어 방안에 총소리가 울려퍼졌다. 탕.

그러나 시간이 흘러도 케빈은 아무런 통증을 느낄 수 없었다. 케빈이 눈을 뜨고 주위를 살피니 누군가가 피를 흘리며 쓰러져 있었다. 자세히 살펴보니 쓰러진 사내는 농구장에서 케빈에게 총을 겨눈 흑인이었다. 두목은 CRIPS파들에게 손짓으로 나가라는 신호를 보냈다. CRIPS파들은 바닥에 쓰러진 흑인을 부축하며 밖으로 나갔다.

"미안하다."

두목이 의자에 앉으며 말했다. 두목은 손짓으로 케빈에게 앉으라는 신호를 보냈다. 케빈이 의자에 앉자 자신이 부하들의 교육을 잘못시켰다며 사과를 건넸다. 두목은 흐뭇한 표정을 지으며 케빈이 자신이 만난 사람 중 가장 용감한 사내였다고 치켜세웠다. 그러면서 한참 동안 자신의 가운뎃손가락을 쳐다봤다. 두목은 케빈에게 자신의 밑으로 들어오라는 제안을 건넸다. 케빈은 그때 두목을 향해 늑대 새끼가 어떻게 개 밑으로 들어갈 수 있냐고 되물었다. 두목은 케빈의 말을 듣자 호방하게 웃으며 늑대와 개는 원래 조상이 같으니 그렇다면 브라더가 되자고 했다. 케빈은 고개를 끄덕였고 두목은 너무나 기쁜 나머지, 테이블 위로 올라가서 씨워크를 췄다. 케빈은 그날 CRIPS파의 두목에게 씨워크를 배웠다. 두목이 알려주는 대로 무릎을 접었다가 앞꿈치를 바닥에 찍고, 다시 뒤꿈치에 힘을 주며 방향을 설정하고…… 처음 배운 씨워크는 무척이나 재미있었다. 케빈은 티셔츠가 흠뻑 젖을 때까지 두목과 함께 씨워크를 췄다.

잠시 숨을 고르기 위해 의자에 앉았는데, 바로 그 순간, 두목은 자신의 자지를 빨던 여인들에게 케빈의 자지를 빨라고 명령했다. 케빈은 손사래를 쳤지만 본능이라는 것은 열여섯 소년이…… 두목은 케빈을 향해 오늘을 기념하는 선물이라고 했다.

나는 그때 꼴깍, 침을 삼키며 오럴섹스를 받는 기분이 어떠냐고 물었다. 그러나 케빈은 내 질문에 대답하지 않았다. 케빈은 이내 침울한 표정이 되어 고개를 떨구었다. 괜한 것을 물어본 것 같아 계속 케빈의 눈치를 살폈다. 한참 뒤에야 케빈이 무거운 목소리로 말을 꺼냈다.

"죽었어……"

자지가 죽었다는 말일까. 아니면 죽을 만큼 황홀했단 이야기일까. 나는 무슨 소리냐고 물었다. 케빈이 갑자기 울먹이더니 자신의 브라더인 CRIPS파의 두목이 죽었다고 했다. CRIPS파 두목은 케빈과 브라더가 된 지 채 1년도 지나지 않아 살해당했다. 두목을 살해한 인물은 CRIPS파의 부두목이었는데, 그날 케빈의 뒤편에서 두목에게 총을 맞은 사내가 부두목의 친동생이었던 것이다. 이때의 일 때문에 부두목은 두목에게 앙심을 품고 호시탐탐 복수의 칼날을 갈았다. 두목이 살해된 후, 로스앤젤레스에서는 총소리가 끊이질 않았다. CRIPS파는 두목파와 부두목파로 나뉘어 매일 총싸움을 벌였다. 당연히 케빈은 신변의 위협을 느꼈고 결국 자신을 영웅으로 떠받드는 친구들과 앤젤리나 졸리를 닮은 여자친구를 뒤로한 채 피츠버그로 이사를 갔다.

4

케빈의 이야기를 다 들었을 때는 이미 밤 열시가 지나 있었다. 엄마에게서 전화가 걸려왔다. 나는 곧 갈 거라는 말을 하고 전화를 끊었다. 그러나 집에 가고 싶지 않았다. 다음주가 아득히 멀게만 느껴졌다. 계속 케빈과 함께하고 싶었다. 케빈은 오늘만 날이 아니라며 나를 지하철역 입구까지 바래다줬다.

집으로 돌아가는 지하철에서 나는 케빈이 들려준 이야기를 떠올렸다. 곰곰이 생각해보니 믿기 힘든 구석이 한두 군데가 아니었다. 너무 오럴섹스에만 정신이 팔려 있었다. 케빈이 두목에게 되물었던, 늑대 새끼가 어떻게 개 밑으로 들어가냐는 말이 영화 〈타짜〉의 대사인 것도 그제야 생각났다. 그러나 케빈이 내게 거짓말을 할 이유가 없지 않은가. 하지만 거짓말이라면……? 그럴 수도 있지. 사람이 어떻게 진실만을 말하며 살 수 있는가. 케빈의 말이

거짓말이라고 해서 세상이 두 쪽 나는 것도 아니고 말이다. 거짓
말이어도 상관은 없었다. 물론 조금 서운하긴 할 테지만⋯⋯ 나
는 이런 의심을 집어치우고 핸드폰을 꺼내 투팍의 음악을 들었다.
투팍의 음악을 듣자 씨워크를 추고 싶었다. 그리고 오럴섹스도 받
고 싶었다. 좋겠다, 케빈은⋯⋯ 나는 다음주를 기약하며 집으로
향했다.

케빈과 함께 2

1

연일 무더운 날씨가 기승을 부렸다. 밖에 서 있기만 해도 금세 겨드랑이와 사타구니가 축축해졌다. 뉴스에선 백 년 만의 폭염이니, 이상 기온이니, 전력 사용량이 올해 최고를 기록했다느니, 하는 말들을 떠들어댔다. 그래서일까, 사람들의 불쾌지수가 하늘을 찔렀다. 그러나 나는 하나도 불쾌하지 않았다. 힙합을 들으면 무더위가 가시곤 했으니 말이다. 이렇게 나처럼 세상의 모든 일을 긍정적으로 받아들인다면 세상엔 아무런 문제도 일어나지 않을 것이다. 그러나 그럴 리가 있나. 문제는 항상 일어나는 법이다. 물론 내게는 아무런 문제도 일어나지 않았다. 문제는 태성이 형에게 일어났다.

태성이 형은 아줌마가 그토록 자랑스러워하던 특목고에 입학한 지 5개월 만에 자퇴를 했다. 그리고 자퇴를 하기 전까지 여러

소동을 피웠다.

기말고사를 치르고 모처럼 집으로 돌아온 태성이 형은 아줌마에게 대뜸 영국에 가겠다고 말했다. 아줌마는 그 말이 그저 영국의 명문 대학인 옥스퍼드나 케임브리지에 입학하겠다는 뜻인 줄로만 알았다. 아줌마는 미국이든 영국이든 영어를 쓰는 건 마찬가지니 마음대로 하라고 했다. 그러자 형은 크게 기뻐하며 얼른 여권과 비행기표를 준비해달라고 말했다. 이쯤 되면 뭔가 이상하다는 걸 눈치챌 법도 하지만, 그날은 백 년 만의 폭염이었으니까……

그날 오후, 아줌마는 마트에서 장을 보다가 태성이 형의 말이 떠올라 학교로 전화를 걸었다. 아줌마는 전화를 받은 선생에게 옥스퍼드 대학이나 케임브리지 대학에도 조기입학 제도가 있는지를 물었다. 그리고 그때 기가 막힌 이야기를 듣는다. 형이 학교에서 적응을 못하고 있다는 것이다. 아줌마는 그 말을 듣고 뒷목을 잡고 쓰러질 뻔했지만 그러기엔 자신이 너무 젊다는 사실을 깨닫고는 곧장 학교로 달려갔다.

선생은 형이 머리가 좋아 수업은 곧잘 따라오지만 아이들과 어울리지 못한다고 말했다. 그러면서 혹시 가정에 어떤 문제가 있는지 물었다. 그럼 보통의 학부모들은 자녀의 지난날이나 여러 행동을 떠올릴 테지만…… 폭염은 오후에도 계속됐다.

아줌마는 그럴 리가 없다며, 설령 그런 일이 있더라도 그것은 학교의 책임이 아니냐며 오히려 선생을 다그쳤다. 형을 다른 외고로 전학시킬 거라는 말을 끝으로 아줌마는 교무실을 나섰다. 잔뜩 화가 난 아줌마는 집으로 돌아가는 길에 형에게 전화를 걸었다. 형은 전화를 받지 않았다. 그 시각, 태성이 형은 핸드폰을 책상 위에 올려놓은 채 김포공항으로 향하고 있었다. 여권과 아줌마의 신용카드를 훔친 채로 말이다.

집으로 돌아온 아줌마는 형이 보이지 않자 불길한 예감에 빠졌다. 한 번도 이런 적이 없었으니 말이다. 아줌마는 형의 책상에서 핸드폰을 발견하고 곧장 통화 내역을 살폈다. 통화 내역은 아줌마와 오지수라고 저장된 사람뿐이었다. 카카오톡 역시 마찬가지였다. 오지수라는 사람과 나눈 대화를 살폈다. 사실 대화라고 할 수도 없는 형의 일방적인 메시지였다.

—오후 3:30 지수야

—오후 3:35 오지수

—오후 3:37 전화 좀 받아봐

—오후 3:38 야

—오후 3:41 전화 좀 받아줘

—오후 3:43 야 오지수!

—오후 3:49 시험 끝나서 자는 건가?

—오후 3:50 진짜로 9와 4분의 3 승강장이 있는 거지?

—오후 3:51 나 지금 공항으로 갈 거야 여권이랑 돈 다 챙겼다 이제 출발한다

—오후 3:53 아무튼 알려줘서 고마워

—오후 3:55 잘 지내

—오후 3:59 나중에 또 보자

─오후 4:00 안녕

─오후 4:02 진짜로 안녕

아줌마는 그 메시지들을 읽은 뒤 곧장 오지수란 사람에게 전화를 걸었다. 그러나 오지수란 사람은 전화를 받지 않았다. 무려 일곱 통이나…… 그리고 여덟번째로 전화를 걸려는 순간, 한 통의 카카오톡 메시지가 도착했다.

─오후 6:02 미친 새끼야 연락하지 말라고

아줌마는 그 메시지를 확인하자마자 바닥에 주저앉았다. 자신의 아들이 누군가에게 미친 새끼란 소리를 들을 줄은 꿈에도 몰랐기 때문이다. 아, 그때 내가 식당에서 말해줄걸……

아줌마는 한참을 멍하게 있다가 부들거리는 손으로 자신의 핸드폰을 꺼내 엄마에게 전화를 걸었다. 전화를 받은 엄마는 곧장 아줌마의 집으로 달려갔다. 아줌마는 횡설수설하며 겨우겨우 말을 이었고 엄마는 아줌마를 대신해서 신고 전화를 걸었다.

결국 태성이 형의 영국행 가출은 하루 만에 막을 내렸다. 사실 형이 하루 만에 붙잡힌 것은 경찰의 신속한 수사력 때문이 아니었다. 그것은 그날 밤, 아줌마의 핸드폰으로 온 한 통의 문자 메시지 때문이었다.

─신한카드승인 한나라님 07/02 21:01

(일시불)17,000원 영풍문고 김포공항점

태성이 형이 붙잡힌 곳은 김포공항에 있는 영풍문고였다. 형은 그곳에서 아줌마의 카드로 『해리 포터와 아즈카반의 죄수』1, 2권을 결제했다.

아줌마는 집으로 붙잡혀온 태성이 형에게 그동안 무슨 일이 있었던 거냐고 다그쳤다. 형은 호그와트니, 부엉이니, 9와 4분의 3 승강장이니, 헤르미온느 역할을 맡았던 엠마 왓슨은 이제 성인이 됐다느니 같은 말들을 늘어놓을 뿐이었다. 아줌마는 당연히 그 말들을 하나도 알아듣지 못했다.

다음날 새벽, 끔찍한 일이 벌어지고야 말았다. 아줌마가 형을 다그치다 지쳐 깜빡 잠이 들었을 때, 형이 베란다 문을 열고 밖으로 몸을 던진 것이다. 다행히 집이 2층이라 형은 발목에 금만 갔다. 추락한 태성이형은 땅바닥을 뒹굴며 동네가 떠나가라 울부짖었다. 형이 태어나서 그렇게 크게 소리를 지른 적은 그때가 처음이었다. 곧이어 신고를 받은 응급차가 도착했고 형은 병원으로 실려갔다.

형은 응급차 안에서 119대원에게 성 뭉고 병원*으로 가달라고 소리를 질렀다.

---

* 『해리 포터』의 마법사 전용 병원.

토요일 아침. 엄마와 함께 병문안을 갔다. 병실 문을 열었을 때 태
성이 형은 침대에 누워 창밖을 바라보고 있었고 아줌마는 보조 침
대에서 잠을 자고 있었다. 아줌마의 머리맡에 한국어판 『해리 포터』
가 보였다. 아줌마는 『해리 포터』를 읽었을까…… 그럼 이제는 형
이 외쳤던 말들이 주문이었다는 것도 알까…… 이런 생각을 하고
있을 때, 아줌마가 잠에서 깨어나 우리를 맞았다. 화장을 안 해서인
지는 몰라도 10년은 늙어 보였다. 엄마는 커피나 한잔하자며 아줌
마를 데리고 밖으로 나갔다. 나는 말없이 형 옆에 서 있기만 했다.

"다 부질없다……"

태성이 형이 쓰고 있던 안경을 벗으면서 말했다.

"내가 멍청했지. 호그와트라니……"

아…… 마법사에서 이번엔 돈키호테 흉내라니. 태성이 형은
병실이 떠나가라 웃음을 터뜨렸다. 나는 그런 형이 가여워서 아
무 말 없이 바라만 보았다.

병문안을 마치고 학원으로 가는 동안 계속 태성이 형에 대해
생각했다. 태성이 형과 나는 두 살 터울로 어린 시절부터 많은 시
간을 함께했다. 둘 다 말이 없어서 속 깊은 이야기를 나눈 적은 없
지만 비슷한 처지인 것은 그 어린 시절에도 알 수 있었다. 태성이
형의 아버지는 건설회사에서 근무했는데 그래서인지 자주 집을
비웠다. 그리고 무슨 이유에서인지는 모르지만 형이 열 살이 되
던 해에 아줌마와 이혼을 했다. 아마 그때부터였을 거다. 원래 과

묵했던 형이 더 말이 없어지고 아줌마가 형의 교육에 열을 올린 때가. 형은 초등학교 4학년 때부터 무려 다섯 군데의 학원을 다녔다. 논술 학원, 수학 학원, 영어 학원, 회화 학원, 피아노 학원. 방학엔 따로 과외까지 받았다. 내가 기억하는 태성이 형의 모습은 늘 학원을 가거나 학원에서 돌아오는 모습뿐이었다. 아무리 애를 써도 다른 모습은 기억나지 않았다.

3

그날 저녁, 지난주처럼 학원이 끝나자마자 평촌 중앙공원으로 향했다. 케빈이 미리 와서 나를 기다리고 있었다. 케빈은 기분이 좋은지 싱글벙글했다. 그러나 나는 계속 태성이 형 생각뿐이었다.

"무슨 일이야, 브라더."

케빈이 나를 보며 물었다.

"케빈…… 사는 건 뭘까요?"

내 말을 듣자 케빈이 크게 웃음을 터뜨렸다. 나도 피식 웃음이 나왔지만 울적함을 뒤덮을 정도는 아니었다. 나는 다시 인상을 쓰며 울적한 표정을 지었다. 케빈은 그런 나를 빤히 바라보다가 갑자기 씨워크를 췄다. 나는 씨워크를 출 기분이 아니었다. 다시 케빈에게 물었다.

"케빈은 어릴 때 꿈이 뭐였어요?"

케빈은 내 질문을 듣자마자 망설임 없이 대답했다.

"힙합."

이건 무슨 소리인가. '힙합'이 아무리 좋다지만 그것이 꿈일 수 있을까. 케빈은 이런 내 마음을 읽었는지 다시 말을 이었다.

"브라더. 직업은 꿈이라고 할 수가 없는 거야. 꿈이란 건 말이지. 삶을 살아가는 자세를 말하는 거야. 일종의 태도라고도 할 수 있지. 그래서 내 꿈은 힙합이야."

케빈은 이 말을 한 뒤 다시 씨워크를 췄다. 나는 계속 멀뚱히 서 있기만 했다. 케빈이 씨워크를 추다 말고 다시 말했다.

"내가 전에도 말했잖아. 사람은 씨팔, 누구든지 오늘을 사는 거라고. 물론 지금 당장 깨달을 필요는 없어. 내가 천천히 알려줄게. 그러니깐 오늘은 일단 씨워크를 추자고."

씨워크를 출 기분은 아니었지만, 딱히 다른 무언가를 할 게 있는 것도 아니었다. 그래서 나는 어쩔 수 없이 케빈을 따라 씨워크를 췄다. 발뒤꿈치를 땅바닥에 찍으며 울적함을 털어냈다.

4

다음날, 케빈과 나는 다시 홍대로 향했다. 그날도 지난주처럼 나이키 올백 포스 신발을 신고 두 치수가 큰 리바이스 청바지에 XL 사이즈 흰색 무지 티를 입었다. 그날은 뉴욕 양키스 로고가 새겨진 뉴에라도 썼다.

케빈이 나를 데리고 간 곳은 언더그라운드 래퍼들이 공연을 하는 클럽이었다. 공연을 관람하기 위해서라지만 막상 클럽에 간다니 가슴이 두근거렸다. 어릴 때 케이블 채널에서 클럽의 풍경을 보여주는 프로그램을 본 적이 있다. 텔레비전에 나온 젊은 남녀들은 요란한 조명 아래서 음악에 맞춰 몸을 흔들었다. 여자들은 짧은 핫팬츠나 엉덩이에 'PINK'라고 적힌 트레이닝복을 입고 있었는데, 그때의 기억이 떠오르자, 그때처럼 자지가 단단해졌다. 그날 삼각팬티를 입어서 천만다행이었다.

나는 엉거주춤 클럽 계단을 내려왔다. 그러나 내 기대와 달리 클럽 안은 온통 고딩들뿐이었다. 그들은 나처럼 힙합 패션이었는데 공연을 하는 래퍼들의 음악에 맞춰 손을 흔들고 노래를 따라 불렀다. 눈을 씻고 찾아봐도 야시시한 옷차림의 누나들은 찾을 수가 없었다. 단단했던 자지가 말랑말랑해졌다. 나는 잔뜩 실망해서 뒤편에서 공연을 감상했다. 다른 관객들처럼 손을 흔들거나 음악을 따라 부르지도 않았다. 투팍에 비하면 공연을 하는 래퍼들은 애송이에 불과했으니까. 케빈은 나를 보며 공연이 마음에 들지 않냐고 물었다. 나는 고개를 끄덕이며 실망스럽다고 했다. 내 말을 들은 케빈은 나를 데리고 다시 밖으로 향했다.

케빈과 나는 홍대를 정처 없이 걸었다. 아마 40분쯤 걸었을 거다. 우리는 홍대 놀이터에서 한 무리의 사람들이 모여 있는 것을 발견했다. 처음엔 싸움이 난 줄 알았는데 그곳으로 가보니 프리스타일 랩배틀이 벌어지고 있었다. 맙소사, 영화 〈8마일〉*의 한 장면

---

* 에미넴 주연의 힙합 소재 영화.

이 눈앞에서 벌어지다니! 우리는 사람들 틈에 섞여 구경했다.

랩배틀이 붙은 두 사람은 무척이나 대조적이었는데 한 명은 삐쩍 말라서 뼈만 앙상했고, 다른 한 명은 몸집이 거대했다. 거대한 남자는 머리를 빡빡 밀고 수염을 길렀는데 인상이 험악해서 어른이 된 김규남의 모습을 연상시켰다. 심판으로 보이는 남자가 둘 사이에서 비트박스를 시작하자 삐쩍 마른 남자가 먼저 랩을 내뱉었다. 그러나 남자는 긴장을 했는지 몇 마디를 옹알거리다가 결국 랩을 관뒀다. 구경을 하던 사람들이 야유를 퍼부었다. 빡빡이는 의기양양하게 손바닥을 펴 보였다. 남자는 고개를 숙이고 황급히 놀이터를 떠났다. 떠나는 남자의 뒷모습을 향해 사람들이 계속 야유를 퍼부었다. 빡빡이는 신이 났는지 사람들을 향해 프리스타일 랩을 내뱉었다. 바로 그 순간, 나는 빡빡이와 눈이 마주쳤고 빡빡이는 손가락으로 나를 지목했다. 사람들의 시선이 모두 내게 쏠렸다. 빡빡이가 손짓으로 나를 불러냈다. 나도 모르게 엉거주춤 뒷걸음질쳤다. 그때 케빈이 두 손으로 내 등을 떠밀었다. 나는 얼떨결에 빡빡이와 마주서게 됐다. 사람들이 환호성을 질렀다. 심판이 내게로 다가와서 힙합 악수를 청했다. 나는 악수를 무시하고 다시 케빈 곁으로 돌아가려 했다. 하지만 차마 발걸음을 뗄 수가 없었다. 케빈의 두 눈동자에서 기대감을 읽었기 때문이다. 케빈에게 실망을 안겨주고 싶지 않았다. 결국 나는 용기를 내어 심판과 어깨를 부딪쳤다. 빡빡이는 자신이 먼저 랩을 하겠다고 했다. 심판이 비트박스를 시작하자 빡빡이가 고개를 끄덕이며 리듬을 탔다. 북치기 박치기 북치기 박치기 북치기 박치기. 어느 순간부터 주위가 조용해지고 빡빡이가 랩을 내뱉었다.

　에이요, 모두 귀를 열고 내 랩에 집중해
　아이고, 이 녀석을 봐 모두가
　아이요, 라고 외치네
　홍대는 어느새 애들의 놀이터가 됐지
　이 꼬맹이를 봐
　고작 열네 살? 어쩌면 발육 빠른 초등학생
　나이키를 신어도 뉴에라를 써도(이때 빡빡이는 왼손으로 내가
쓴 뉴에라를 벗겼다)
　젖비린내가 풍겨(빡빡이는 오른손으로 코를 쥐었다)
　이건 정말 참을 수 없는 풍경
　너는 집에 가서 엄마 젖을 먹어
　형은 이따 밤에 여자에게 좆을 먹여(빡빡이는 이때 자신의 사
타구니를 부여잡았다)
　부러워도 어쩔 수가 없지
　누나들은 너를 쳐다보지 않아
　너는 애다
　그리고 아다?

　빡빡이가 랩을 마치자 사람들이 크게 웃음을 터뜨렸다. 구경꾼
들 중 누군가가 애 울겠다, 라고 소리를 지르자 웃음소리가 더 커
졌다. 나는 그 자리에 멀뚱히 서서 계속 빡빡이가 내뱉었던 랩 가

사를 곱씹었다. 아, 빌어먹을 빡빡이 새끼. 아다라니…… 어떻게
알았지…… 빡빡이 때문에 케빈만 아는 비밀을 그 자리에 있던
사람들도 다 알아버렸다. 나는 아다라는 사실이 부끄러워서 아무
것도 할 수가 없었다.

내가 계속 서 있기만 하자 사람들이 야유를 퍼붓기 시작했다.
빡빡이는 의기양양하게 두 팔을 뻗으며 어깨를 으쓱거렸다.

"투팍을 떠올려."

어느새 케빈이 내게로 다가와 귓속말을 속삭였다. 그러면서 내
어깨를 꾹 주물렀다. 뭉쳐 있던 근육이 풀어지고 뭔가 새로운 힘
이 솟아나는 것 같았다. 투팍을 떠올리라고……? 그래, 나는 전
생에 투팍이 아니었던가! 이깟 빡빡이 따위야. 나는 빡빡이 손
에 들린 내 뉴에라를 뺏어 들고 비트박스!라고 크게 소리를 질렀
다. 사람들의 야유가 환호성으로 바뀌었다. 이런 박쥐 같은 인간
들을 봤나. 심판이 어리둥절한 표정을 짓다가 비트박스를 내뱉었
다. 북치기 박치기 북치기 박치기 북치기 박치기 북치기 박치기.
나는 심판이 내뱉는 비트박스에 맞춰 고개를 끄덕이며 리듬을 탔
다. 그리고 랩을 내뱉었다.

빡빡이 랩 존나 못해
빡빡이 랩 존나 못해
빡빡이 랩 존나 못해
그래 나는야 열다섯
그리고 너는 놀이터에서 시간 보내는 어른

너는 베토벤처럼 귀가 멀어

모자란 너와 달리 나는 영민

알겠어? 이 똥덩어리야

너는 나와 붙은 걸 후회

나는 김수로왕의 후예

15년 만에 알을 깨고 나왔지 like 데미안

넌 데미안이 뭔지도 모르지

너한테 데미지란 뜻이지

이제 나는 너의 제이지

너는 매일 여자한테 차이지

이제 전자발찌도 차겠지

누나들은 너도 쳐다보지 않아

하지만 내 돈은 쳐다보지(이때 나는 주머니에서 지폐를 꺼내 흔들었다)

우리 엄만 부자고 엄마 돈은 내 돈

네가 왜 빡빡인 줄 알어

미용실 갈 돈조차 없는 거지

일회용 면도기를 재활용하는 이 거지

마더퍽커!!!!!!!!!! 아…… 그때의 나는, 투팍보다, 비기보다, 제이지보다, 나스보다, 에미넴보다, 위대했다. 조금 더듬거렸지만, 완벽한 나의 승리였다. 사람들의 환호성이 홍대 놀이터를 뒤덮었다. 케빈이 내게로 달려와서 씨워크를 췄다. 나도 케빈을 따라 씨워크를 췄다. 사람들이 더 크게 환호성을 내질렀다. 그래, 이 박쥐들아, 더 크게 환호해라. 그 순간 나는, 사람은 씨팔…… 누구든지 오늘을 사는 거야, 라는 말을 비로소 이해할 수 있었다. 아, 그것은 먼 훗날, 내가 오늘이라고 말할 때 제일 먼저 떠오를, 그날의 날씨와, 그날의 온도와, 그날의 습도와, 그날의 소리와, 그날의 냄새와, 또 내 몸을 감싸는 들뜬 미열까지, 그 모든 것이 하나로 뒤섞인 거대한 이미지였다. 내가 지금 숨을 쉬고 있다는 것을, 내가 살아 있다는 것을, 사람이 살아가기 위해선 심장이 움직여야 한다는 것을 느낄 수 있었다. 그리고 나는 이것을 느끼는 것보다 세상에서 값진 것은 없을 거라고 생각했다. 이상하게 자꾸만 눈물이 흐를 것 같았다. 그래서 나는 더 열심히 씨워크를 췄다. 내 몸 곳곳에서 땀으로 가장한 눈물들이 흘러내렸다.

무릎이 지끈거리고 땀이 비 오듯 쏟아졌을 때, 우리는 사람들의 환호를 뒤로하고 당당히 놀이터를 떠났다.

5

케빈은 길을 걸으며 계속 "Fuck the great!"를 외쳤다. 나는 어디로 걷는지조차 의식하지 못했다. 그저 케빈을 따라 걸을 뿐이었다. 걷는 동안 빡빡이의 하얗게 질려버린 얼굴이며 심판이 내뱉던 비트박스와 박쥐들의 환호성, 내가 내뱉던 랩, 이 모든 게 마치 한 편의 영화처럼 계속 떠올랐다. 나는 아마 오늘을 평생 잊을 수 없을 거다. 그리고 이런 날들이 차곡차곡 쌓여서 인생을 이루는 게 아닐까 싶었다.

두근거리는 심장을 진정시키며 케빈을 따라 계속 걸었다. 그렇게 한참을 걷다 정신을 차려보니 어느덧 우리는 홍대입구역에 도착해 있었다.

"넌 오늘 정말 투팍보다 멋졌어. 자, 이제 이별하자. 그럼 다음주에 보자고."

케빈이 영화 대사 같은 말을 날리며 내게 이별을 고했다. 나는 떠나려는 케빈을 붙잡았다. 오늘만큼은 케빈과 함께하고 싶었다. 케빈은 엄마를 들먹이며 계속 나를 돌려보내려고 했다.

"사람은 씨팔……, 누구든지 오늘을 사는 거라면서요."

내 말을 듣자 케빈이 입을 다물었다. 그러면서 뭔가 고민하는 표정을 지었다. 나는 이때다 싶어 계속 애걸복걸했다. 내 몸을 감싼 흥분감은 아직 가시지 않았고, 만약 집으로 돌아가면 이 모든 게 다 증발될 것만 같다고…… 그러나 오늘 케빈과 함께하면 오늘을 산다는 말이 정확히 뭔지를 알 수 있을 것 같다고…… 내가 그렇게 한참을 애원하자 결국 케빈은 고개를 끄덕였다.

"좋아. 오늘은 너도 힙합을 이해했으니깐."

케빈의 허락을 받자마자 곧장 핸드폰을 꺼냈다. 시간은 밤 열한시에 가까웠고 엄마에게서 걸려온 부재중 전화가 세 통이나 찍혀 있었다. 나는 핸드폰 전원을 껐다. 나의 오늘을 방해하는 것이 있다면 그것이 시간이든, 엄마든, 개의치 않기로 작정했다. 케빈은 함께하는 대신 조건이 있다고 했다. 자신이 언제, 어디서, 어

떻게 사라질지 모르며 만약 그런 일이 닥치면 서운해 말고 첫차
를 타고 집으로 돌아가라고 했다. 아…… 이것은 앞으로 닥칠 일
의 암시였을까. 그때는 알지 못했다. 우리에게 닥칠 커다란 일
을…… 나는 그저 고개만 끄덕일 뿐이었다. 케빈은 역 주변에 늘
어선 좌판에서 키높이 깔창을 산 뒤 나를 데리고 다시 홍대로 향
했다.

"그런데 어디로 가는 거예요?"

"클럽."

케빈은 내가 케이블 채널에서 봤던 클럽에 갈 거라고 했다. 그
리고 그곳에서 오늘만 사는 사람들을 구경하는 것도 나쁘지 않을
거라고 했다. 그러면서 내게 키높이 깔창을 건넸다. 신발에 키높
이 깔창을 까니 우리의 눈높이가 비슷해졌다. 클럽 근처에 다다
르자 케빈은 내가 쓰고 있던 뉴에라 챙을 앞으로 향하게 해서 내
얼굴을 반이나 덮었다.

"지금부터 너는 교포인 척을 하는 거야. 계속 영어만 써."

우리는 영어로 대화를 나누며 클럽으로 향했다. 케빈이 먼저
안으로 입장했고 나 역시 자연스레 케빈을 뒤따랐다. 그러나 클
럽 앞에 있던 매니저가 나를 가로막았다. 매니저는 내게 신분증
을 요구했다. 나는 어리둥절한 표정을 지으며 계속 "What?"을
외쳤는데 그때 케빈이 재빨리 내 곁으로 다가왔다. 그러면서 자
신의 신분증을 보여주며 우리가 미국에서 왔다고 말했다.

"꺼져."

매니저가 웃으면서 말했다.

"오케이."

케빈은 이렇게 대답한 뒤 나를 데리고 다른 클럽으로 향했다. 우리는 계속 여러 클럽을 전전했다. 다른 클럽들도 마찬가지였다. 나는 번번이 클럽 입구에서 가로막혔다. 하지만 계속 두들기면 결국엔 열린다고 하지 않았던가. 우리는 여섯 번의 시도 끝에 클럽으로 들어갈 수 있었다. 한 무리의 젊은 남자들이 클럽으로 들어갈 때 슬그머니 그들 뒤에 바짝 붙어서 일행인 척을 한 것이다. 케빈이 내 몫의 돈까지 지불한 뒤, 후다닥 계단을 내려갔다. 계단을 내려가는 동안 지하에서 들리는 음악 때문에 가슴이 쿵쾅거렸다.

6

클럽은 텔레비전에서 봤던 모습과 같았다. 굳이 차이점을 꼽으라면, 이번이 좀더 선명했다고나 할까.

케빈은 나를 구석으로 데리고 가서 잠깐만 기다리라고 말한 뒤 어디론가 사라졌다. 나는 멀뚱히 서서 클럽 안의 풍경을 살폈다. 담배 연기가 안개처럼 자욱했고 형광색 조명이 이곳저곳을 들쑤셨다. 담배 냄새와 향수 냄새, 술냄새, 땀냄새, 그 모든 것이 뒤섞인 냄새 때문에 잠깐 구역질이 치밀었다. 남자들은 인터넷 쇼핑몰의 모델처럼 청바지에 브이넥을 입었고 여자들은 속살이 비치는 티셔츠에 짧은 핫팬츠를 입고 있었다. 남녀노소 구분 없이 요란한 일렉트로닉 음악에 맞춰 몸을 흔들었다. 어떤 여자들은 봉 위로 올라가서 신내림을 받은 무당처럼 부르르 몸을 떨기도 했다. 나도 모르게 누나들의 가슴골과 다리로 시선이 쏠렸다. 쏠린 것은 시선만이 아니었다. 내 자지로도 피가 쏠렸다. 자지가 단단해지니깐 절로 야릇한 상상이 들었다. 정말 이곳의 젊은 남녀들이 짝을 지어 짝짓기를 하러 가는 걸까. 이런 상상을 하고 있을 때 사라졌던 케빈이 나타났다. 그때 케빈은 내게 힙합을 처음 들려준 날처럼 두 눈이 붉게 충혈되어 있었고 역한 냄새를 풍겼다. 케빈은 곧장 클럽 한가운데로 가서 야시시한 옷차림의 누나에게 말로만 듣던 부비부비를 시도했다. 케빈과 누나의 몸이 밀착됐고 음악에 맞춰 몸을 움직였는데, 그 모습은 흡사 외계인의 체위처럼 보였다. 케빈은 부비부비를 하며 누나에게 귓속말을 건넸는데 누나는 인상을 찡그리더니 자리를 떠났다. 그러자 케빈은 다른 누나에게 다가가 다시 귓속말을 건넸다. 그 누나 역시 인상을 찡그리며 자리를 떠났다. 케빈은 우두커니 서서 호시탐탐 먹이를 노리는 짐승처럼 이곳저곳을 살폈다. 먹잇감을 발견한 케빈은 얼룩말 무늬의 시스루를 입은 누나에게 다가가서 부비부비를 시도했다. 얼룩말 무늬의 옷을 입은 여자라서 그런지 케빈의 행동이 측은해 보이지는 않았다. 그 누나의 반응도 다른 누나들과 같았다. 하지만 이번엔 케빈의 반응이 달랐다. 케빈은 계속 그 누나를 졸래졸래 쫓아다니며 뭔가를 속삭였다. 아마 그 넓은 클럽을 다섯 바퀴는 돌았을 거다. 그 누나는 핸드폰을 꺼내 어디론가 전화를 걸었다. 그러거나 말거나 케빈은 끊임없이 무슨 말을 속삭였다. 입 모양으로 추측하건데 오늘을 살자, 라는 말을 하는 것 같았다. 누나는 결국 클럽 밖으로 나섰고 케빈은 화가 났는지 그 자리에 서서 평소보다 더 격렬하게 씨워크를 췄다.

얼마나 지났을까. 케빈 곁으로 얼룩말 무늬의 시스루를 입은 누나가 나타났다. 그리고 누나 뒤편엔 나와 랩배틀을 붙었던 빡빡이가 서 있었다. 빡빡이는 험악한 표정을 지으며 화장실로 케빈을 끌고 갔다. 나도 뒤따라 화장실로 향했다. 그러나 내가 화장실 안으로 들어가기 전에 문이 닫혔다. 딸깍. 곧 문이 잠기는 소리가 들렸고 문 너머로 고함과 욕설, 퍽퍽 소리와 우당탕, 뭔가가 깨지는 소리가 들려왔다. 나는 화장실 문 앞에서 서서 발만 동동 구를 뿐이었다. 차마 화장실 문을 두들길 용기가 생기지 않았다. 다시 우당탕 소리가 들려왔다. 그때 나는 불현듯 케빈이 죽을지도 모른다, 라는 생각에 그만 핸드폰을 꺼내 112에 신고 전화를 걸었다. 아…… 그것이 내 인생의 가장 큰 실수일 줄이야. 나는 그때 조금 더 침착했어야 했다. 클럽 관계자를 부르든가, 다른 사람들에게 도움을 청하든가…… 그러나 그때는 경황이 없었다. 나는 전화를 받은 경찰에게 지금 사람이 죽어가고 있다고, 빨리 와달라고 소리를 질렀다.

한참이 지나도 경찰은 도착하지 않았다. 결국 나는 용기를 내어 조심스럽게 화장실 문고리를 잡아당겼다. 딸깍. 잠시 후, 빡빡이가 문을 열고 빼꼼히 고개를 내밀었다. 빡빡이 너머로 박살난 거울과 세면대, 그리고 피범벅이 된 채 바닥에 쓰러진 케빈이 보였다. 케빈은 그때 뭐가 좋은지 실실 웃고만 있었다. 빡빡이는 나를 보며 말했다.

"꼬마야, 이런 새끼랑 어울리면 인생 좆 되는 거야."

그때 나는 병신처럼 빡빡이가 다시 랩배틀을 붙자고 하는 줄 알았다.

"……클럽 올 돈으로 면도기나 사."

빡빡이가 심각한 표정을 지으며 말했다.

"너도 떨 땠냐."

7

지구대 의자에 앉아 고개를 숙인 채 아무 말이 없는 케빈. 그 모습은 정말이지 영락없는 범죄자의 모습이었다. 나는 그때 케빈에게 투팍의 노래를 불러주고 싶었다.

Keep ya head up, oooo, child things are gonna get easier
Oooo, child thngs are gonna get brighter

그러나 이것이 얼마나 순진한 생각이었던지……

"보자마자 알았죠. 냄새부터 다르잖아요. 눈빛도 이상하고."

함께 연행된 빡빡이가 경찰을 보며 이렇게 말했을 때, 나는 뭔가 상황이 이상하게 돌아가고 있다는 것을 느꼈다. 마치 영화의 반전 장면처럼 나는 지구대에 우두커니 서서 지난 일들을 떠올렸

140

다. 케빈의 붉게 충혈된 눈동자와 역한 냄새, 그리고 조금은 이상한 행동들. 그리고 빡빡이가 내게 말했던 너도 떨 땠냐……라는 말. 나는 그제야 '떨'이 대마초라는 것을 알아차렸다. 아…… 나는 그것도 모른 채 화장실에 나타난 경찰 뒤편에 서서 케빈을 향해 손가락으로 브이자를 그려 보였다. 지금도 경찰을 보고 겁에 질린 케빈의 표정이 눈에 선하다.

아…… 나는 정말이지 힙합을 허투루 안 것이다. 우리가 그토록 사랑하는 투팍도 자주 대마초를 피우지 않았던가. 투팍뿐만이 아니다. 케빈과 내가 들었던 힙합 래퍼들은 매일 대마초를 피운다고 자랑스레 떠들곤 했다. 그런데도 나는……

경찰이 내게로 와서 이름과 나이, 학교, 그리고 클럽 안으로 어떻게 입장했는지를 물었다. 나는 횡설수설하며 말을 잇다가 고개를 숙이고 엄마가 나타나기만을 기다렸다. 1초가 1분처럼 흘렀다. 문이 열릴 때마다 고개를 들었지만 지구대 안으로는 엄마 대신 술 취한 행인들과 시비가 붙은 젊은이들이 들어왔다. 그래도 그들이라도 있어 다행이었다. 그들이 나와 케빈 사이에서 더 크게 소란을 피워줬음 싶었다. 케빈과 같은 공간에서 같은 공기를 들이마시고 또 내쉰다는 게 그토록 괴로운 일이 될 줄은 꿈에도 상상한 적 없다. 아, 정말이지 지옥이 따로 없었다.

얼마나 지났을까. 지구대 문이 열리고 기다리고 기다리던 엄마가 도착했다. 태어나서 그렇게 엄마가 반가웠던 적 있었을까. 엄마는 사색이 되어 내게로 달려왔다. 나는 엄마의 허리를 부여잡고 꺽꺽 울었다. 엄마가 내 등을 토닥이는 동안 경찰이 다가와서 그동안의 상황을 설명했다. 엄마는 경찰의 말을 듣자마자 케빈에게 달려가서 케빈의 머리카락을 쥐었다. 엄마의 손아귀 아래로 케빈의 머리통이 대롱대롱 움직였다. 엄마는 케빈을 향해 쉴새없이 욕을 내뱉었다. 지구대에 있던 사람들이 모두 입을 다물고 엄마를 쳐다봤다. 경찰들이 엄마에게 달려들었다. 경찰은 흥분한 엄마를 달랜 뒤 조서를 내밀었다. 엄마는 받아든 조서를 케빈에게 던졌다. 조서는 케빈의 머리통에 명중했다. 다시 엄마가 케빈에게 달려들어서 발차기와 주먹을 날렸다. 케빈은 묵묵히 엄마의 발길질과 주먹을 받아냈다. 다시 경찰이 엄마에게 달려들었다. 그리고 그사이, 나는 경찰이 내민 조서에 자필로 뭔가를 적었다. 경황이 없어서 무슨 말을 적었는지조차 기억하지 못했다. 그때 나는 지구대에서 벗어나고 싶다는 생각뿐이었다.

한참이 지난 뒤에야 엄마는 내가 작성한 조서 아래에 사인을 하고 지구대 문을 나섰다. 엄마를 따라 밖으로 나가는 동안, 나는 케빈을 쳐다보지 못했다.

집으로 가는 차 안에서 엄마는 내게 무슨 일이 있었냐고 다그쳤다. 엄마는 다시 인천으로 차를 몰까…… 그래도 상관은 없었다. 나는 말없이 뚝뚝 눈물만 흘렸다. 엄마는 내 눈물에도 아랑곳하지 않고 화를 내며 대답을 재촉했다. 나는 계속 눈물을 흘리며 창밖만 바라봤다.

8

집에 도착하자마자 방문을 걸어잠그고 창문을 열었다. 빼곡하게 주차된 자동차들이 보였다. 두 눈을 질끈 감았다. 그 순간, 이상하게도 태성이 형이 떠올랐다. 만약 형의 집이 9층이었다면, 그래도 문 밖으로 몸을 던졌을까…… 영국에 가려고 했으면서 왜 인천공항이 아니라 김포공항으로 향했던 걸까…… 왜 영풍문고에서 아줌마의 카드로 『해리 포터』를 결제했던 걸까……

눈을 떴다. 15초면 충분할 듯싶었다. 내 몸이 바닥으로 추락하기까지는. 15초가 지나면 내 몸은 산산조각나고 사방으로 피를 튀기겠지. 그러나 자신이 없었다. 나는 몸을 던지는 대신 가능한 모든 변명들을 떠올렸다. 아, 이렇게 된 것은 정말 이렇게 될 수밖에 없었던 것일까…… 그렇게 15초 정도가 지났을 때, 엄마가 거칠게 내 방문을 두드렸다. 나는 엄마와 헤어진 연인 놀이를 할 기분이 아니었다. 창문을 닫고 침대에 누웠다. 다시 눈물이 흘렀다. 엄마가 문을 두들기는 소리가 듣기 싫어서 이불을 머리끝까지 뒤집어썼다. 그러나 엄마는 집착이 심했다. 결국 엄마는 열쇠로 잠긴 내 방문을 열어젖혔다. 나는 얘기하고 싶지 않아서 베개에 얼굴을 파묻었다. 엄마가 내 어깨를 잡아당겼다. 그러면서 홍대에는 왜 갔는지, 클럽은 어떻게 들어갔는지, 그 케빈이란 사람이 무슨 해코지를 했는지, 이것저것 꼬치꼬치 캐물었다.

"이게 다 엄마 때문이야."

이 말이 그때 내가 떠올릴 수 있는 유일한 변명이었다. 엄마가 나를 학원에 보내지 않았다면 케빈을 만나지 않았을 거고 오늘 같은 일은 벌어지지 않았을 거다. 엄마는 마치 실성한 사람처럼 그게 무슨 말이냐고 물어댔다. 나는 이게 다 엄마 때문이야, 라고 말했다. 내가 계속 그 말만 반복하자 어느새 엄마가 입을 다물었다. 엄마는 우두커니 서 있다가 마치 죄인처럼 내 방을 나섰다.

잠시 후, 엄마의 흐느끼는 소리가 들렸다. 참 크게도 운다. 엄마는 일부러 우는 게 분명했다. 내 방문을 열어둔 채로 나갔으니까. 나는 침대에서 일어나 방문을 닫고 다시 침대에 누웠다. 그리고 이불을 머리끝까지 뒤집어썼다. 억지로라도 잠을 청했지만 잠이 올 리 없었다. 계속 지구대 의자에 앉아 죄인처럼 고개를 숙이고 있는 케빈의 모습이 어른거렸다. 케빈은 아직도 지구대에 있을까. 아, 케빈……!

케빈을 찾아서

1

여름방학이 시작됐다. 그전까지 나는 잦은 결석을 반복했다. 당연히 학원도 관뒀다. 나는 그 며칠 동안 방문을 걸어잠그고 침대에 누워만 있었다. 그리고 엄마는 여기저기 전화를 걸어댔다.

엄마의 이혼을 담당했던 변호사가 집으로 찾아온 적도 있었다. 엄마는 학원과 원장, 케빈, 그리고 미성년자의 출입을 허락한 클럽을 고소하려고 했다. 그러나 엄마도 알고 있었을 것이다. 그것이 공연한 화풀이라는 것을. 모든 잘못은 내 책임이었다. 내가 그날 케빈에게 함께하자는 말만 하지 않았어도…… 핸드폰을 꺼내 112를 누르지만 않았어도……

내 가슴속에선 여름날의 태양보다 더 뜨거운 불덩이가 일렁거렸다. 나는 잠을 잘 때마다 악몽에 시달렸다. 꿈에 나타난 케빈이 죄수복을 입은 채 나를 쏘아봤다. 가끔은 케빈의 손바닥이 날아오기도 했다. 쩍쩍쩍. 그럴 때면 나는 비명을 지르며 잠에서 깨곤 했다. 내 비명을 들은 엄마는 사색이 되어 달려왔다. 그럼 나는 꿈에서 본 케빈의 표정을 따라하며 엄마를 쏘아봤다. 엄마는 아무 말도 못한 채 내 방을 서성거렸다. 그런 엄마의 모습을 볼 때면 잠시나마 짜릿한 쾌감을 느꼈다. 엄마가 괴로우면 괴로울수록 내 괴로움이 줄어들 줄 알았으니까. 내 괴로움이 엄마에게 옮겨가기라도 하듯이 말이다. 그건 착각이었다. 엄마가 방을 나가면 나는 조금 전보다 더 괴로워졌다. 너무나 괴로운 나머지 꿈에 찾아온 케빈을 향해 죽어버려!라고 소리를 지른 적도 있다. 아, 그날 꿈에서 깬 뒤 한참을 울었다.

하루. 이틀. 사흘. 나흘. 닷새. 엿새. 시간은 눈 깜짝할 사이에 흘렀다. 시간이 흐를수록 내가 느끼는 죄책감은 커져만 갔다. 그때 내가 죄책감에서 벗어나는 방법은 케빈을 부정하는 것뿐이었다. 나는 처음으로 케빈을 원망하기 시작했다. 케빈은 약쟁이에다가 뻥쟁이다. 순식간에 CRIPS파를 때려눕혔다면서 빡빡이에겐 왜 두들겨 맞았는가. 그리고 CRIPS파 두목에게 씨워크를 배웠다는 건 도무지 말이 되지 않았다. 내가 나중에 문워크는 어떻게 배웠냐고 물으면 마이클 잭슨에게 직접 배웠다고 말하겠지. 그러면서 마이클 잭슨의 집으로 초청을 받았고…… 또 어찌하여…… 그러다가 또 저찌하고…… 순 사기꾼 같은 새끼. 이런 생각을 할 때면 나는 잠시나마 해방감을 느꼈다. 그러나 그것은 잠시였을 뿐이었다. 나는 나를 속이고 있었다. 예전부터 나는 케빈이 들려주는 이야기가 거짓말이었다는 걸 짐작하고 있지 않았던가. 나는 케빈이 들려주는 이야기가 아니라 케빈과 함께하는 시간이 좋았을 뿐이다. 아…… 케빈!

2

인터넷에 검색해보니 대마초를 피웠던 유명인들은 초범인 경우 모두 집행유예에 그쳤다. 케빈 역시 그러기를 바랐지만 알 수 없는 일이었다. 케빈에게 전화를 걸고 싶었지만 차마 용기가 생기지 않았다. 그 무렵, 케빈은 카카오톡도 탈퇴한 상태였다. 그래도 카카오톡을 탈퇴했으니 감옥에 있는 건 아니겠지. 아니, 범죄자라서 경찰이 강제로 탈퇴시킨 게 아닐까…… 의문은 끊이질 않았고 결국 용기 내어 케빈의 행방을 알아보기로 했다. 그래서 나는 7월 하순의 무더운 여름날, 우리가 연행됐던 홍대의 지구대로 향했다.

이른 오전이라 그랬는지 지구대는 한산했다. 나는 문 앞에서 한참을 쭈뼛거리다가 용기를 내어 지구대 안으로 들어갔다. 엄마에게 조서를 내밀었던 경찰관이 의자에 앉아 부채질을 하고 있었다. 경찰관이 나를 보자 알은체를 했다. 나는 경찰관에게 꾸벅 고개를 숙인 뒤 케빈의 행방을 물었다. 경찰관은 보호자나 가족이 아니면 말해줄 수 없다고 했다. 나는 경찰을 향해 소리를 질렀다.

"우린 브라더예요!"

내 혀끝이 입천장을 스치는 순간, 울컥 눈물이 고였다. 케빈의 목소리가 귓가에서 맴돌았다. 누구든지 투팍의 음악을 세 번만 들으면 나와 브라더가 될 수 있지. 아…… 나는 투팍의 음악을 세 번이 아니라 3백 번도 넘게 들었는데…… 나는 눈물을 흘리며 케빈의 행방을 알려달라고 떼를 썼다. 경찰관은 곤란한 표정을 짓다가 케빈이 재판을 기다리고 있다고, 하지만 초범이라 감옥에 가지는 않을 거라고 말했다. 케빈의 집주소를 알려달라고 졸랐는데 경찰은 단호하게 고개를 저으며 그건 알려줄 수 없다고 말했다. 다시 떼를 썼지만 경찰은 단호했다. 아마 한 시간은 졸랐을 거다. 결국 나는 제풀에 지쳐 지구대를 나섰다.

그래도 다행이었다. 케빈이 감옥에 있지 않다니…… 어쩌면 케빈은 지금 홍대에 있을지도 모른다. 방화범이나 범죄자 들은 자신이 범행을 저지른 장소에 다시 나타난다고 하지 않았던가. 나는 케빈과 마주칠지도 모른다는 생각에 정처 없이 홍대를 걸었다. 그렇게 걸으면서 케빈과 조우하는 장면을 상상했다. 케빈과 나는 홍대 거리에서 서로를 발견한다. 나는 고개를 떨구고 발끝만 쳐다본다. 그때 어디선가 익숙한 멜로디가 흐른다.

Keep ya head up, oooo, child things are gonna get easier
Oooo, child things are gonna get brighter

케빈이 내 곁으로 다가와서 고개를 끄덕이며 투팍의 노래를 흥얼거린다. 평촌 중앙공원에서 문워크를 배운 그날처럼…… 나는 감격해서 눈물을 쏟는다. 케빈이 내 등을 토닥인다. 나는 케빈에게 안겨 한참을 운다. 그리고 케빈과 함께 투팍의 노래를 흥얼거린다. 흥에 겨운 케빈은 씨워크를 추고 나는 문워크를 춘다. 이런 상상을 하자 절로 미소가 지어졌다. 케빈과 헤어진 뒤 처음으로 짓는 미소였다. 나는 괜스레 기분이 좋아져 계속 홍대를 걸었다.

KFC를 지나고, GS25를 지나고, 던킨도너츠를 지나고, 유가네 닭갈비를 지나고, 신호등을 건너 상상마당을 지나고, 조폭떡볶이를 지나고, 공영 주차장을 지나고, 카페꼼마를 지나, 어느덧 상수역에 이르렀다. 그러나 케빈과 마주치지 못했다. 나는 다시 왔던 길을 거슬러 홍대입구역으로 향했다. 이번에도 마찬가지였다. 케빈을 찾을 수가 없었다. 그렇게 걷는 동안 엄마에게 계속 전화가 걸려왔다. 나는 전화를 받지 않았다.

나의 기대는 하늘에 떠 있는 해처럼 조금씩 저물어갔다. 어쩌면 평생 케빈을 만나지 못할지도 모른다. 불현듯 이런 생각이 꿈틀거렸다. 나는 전화기를 꺼내 케빈에게 전화를 걸었다. 그날 이후, 처음으로 건 전화였다. 1초가 1분처럼 느껴졌다. 신호음이 1분 가까이 이어졌고 곧 전화를 받을 수 없다는 음성 안내가 흘러나왔다. 나는 전화를 끊지 않았다. 신호음이 들려오고 전화는 음성 사서함으로 연결됐다. 나는 한참을 망설인 끝에 천천히 입을 벌렸다. 나는 말 대신 노래를 불렀다. 내가 부른 노래는 〈I'll be missing you〉라는 곡이었다. 이 곡은 비기가 죽은 뒤 그의 절친한 친구 퍼프 대디와 비기의 부인인 페이스 에반스가 비기를 추모하기 위해 부른 곡이었다.

Yeah, this right here goes out to everyone who's lost someone, That they truly loved, Chck it out

(바로 이 노래를 진정으로 사랑했던 누군가를 떠나보낸 모든 사람들에게 바칩니다, 들어보시죠)

Every step I take Every move I make

(한 걸음 한 걸음마다, 동작 하나하나마다)

Every single day Everytime I pray

(매일 난 항상 기도해)

I'll be missing you

(난 너를 그리워할 거야)

목이 메어서 노래를 끝까지 부를 수가 없었다. 나는 결국 음성 메시지를 전송하지 못했다.

3

집으로 돌아가는 지하철에서 케빈에게 음성 메시지 대신 장문의 문자 메시지를 전송했다.

—오늘 지구대에서 케빈이 재판을 기다리고 있다는 걸 알았어요 저

—는 케빈과 마주치기 위해 지금까지 홍대 곳곳을 걸었습니

—다 비록 케빈을 볼 수 없었지만 케빈의 발자취를 느낄 수 있었습니다

—그때마다 케빈이 눈앞에 어른거려서 저는 눈물을 훔쳐야만 했

—습니다 저는 정말 케빈이 대마초를 피운 건 몰랐어요……

—하지만 제 잘못인 건 알아요 우리가 해석한 수많

—은 힙합 가사들에선 대마초가 나왔잖아요

—그게 케빈이 내게 알려주는 비유이자 암시라는 걸 저는 왜 몰랐을까요

—저는 역시 특목고에 갈 능력이 없는 것 같아요 그래서 학원도 관뒀

—습니다 하지만 저는 케빈에게 조금 서운함을 느껴요

—왜 제게 대마초를 피운다고 말해주지 않았나요 만약

—케빈이 대마초를 피우는 걸 알았으면 전 케빈

—과 함께 대마초를 피웠을 거예요 아, 어쩌면 케빈이

—저를 아끼는 마음에서 그런 걸지도 모른다는 생각이

—드네요 아마 그렇겠죠? 제 잘못을 용서받을 수 있을까요?

—만약 그럴 수만 있다면 저는 총을 맞을 수도 있어

—요 이건 진심이예요 저는 그때 만났던 빡빡이를 만나면

—꼭 죽여버릴 거예요 하지만 지금은 곤란하니 조금만

—기다려주세요 저는 지금도 케빈이 눈앞에 어른거립니다

—케빈과 다시 한번 투팍의 음악을 듣는 그 순간을

—기다리고 있습니다 씨워크를 추는 순간도요
—좋은 밤 되세요

문자 메시지를 보낸 뒤 계속 핸드폰을 만지작거렸다. 그리고 메시지함으로 들어가서 계속 내가 전송한 문자 메시지를 읽었다. 일반 메시지는 카카오톡과 달리 상대방이 메시지를 수신했는지 확인할 수 없어서 답답했다. 가끔 핸드폰 진동이 울렸지만 모두 엄마에게서 걸려오는 전화였다. 나는 전화를 받지 않았다.

엄마는 소파에 앉아 있었다. 나는 집에 도착하자마자 곧장 방으로 들어갔다. 엄마가 내 방으로 쫓아와서 어딜 다녀오는 거냐며 역정을 냈다. 나는 대답하지 않았다. 등짝으로 엄마의 손바닥이 날아왔다. 나는 아랑곳하지 않고 침대에 누웠다. 핸드폰을 꺼내 액정을 바라보며 계속 케빈의 답장을 기다렸다. 그때까지도 답장이 오지 않았다. 아, 케빈은 왜 답장을 보내지 않는 걸까. 설마 내 번호를 수신 거부한 건 아닐까…… 이런 생각이 들자 새삼 서럽고 무서워졌다. 엄마는 계속 내 옆에 서서 무슨 말을 떠들었는데 하나도 귀에 들어오지 않았다. 그렇게 엄마는 밤늦도록 무슨 소린가를 한참이나 중얼거리다가 제풀에 지쳐 자신의 방으로 되돌아갔다. 나는 케빈의 답장을 기다리다 새벽에야 잠이 들었다.

4

눈을 뜨자마자 머리맡에 있던 핸드폰을 쥐었다. 조마조마한 심정으로 핸드폰을 켰다. 핸드폰 액정으로 불빛이 들어오고 화면 가운데 작은 알림창이 떴다. 아, 케빈에게서 답장이 온 것이다! 나는 떨리는 손가락으로 확인 버튼을 눌렀다.

—hiphop is dead

나는 케빈의 문자 메시지를 확인하고 눈물을 쏟았다. 내가 꿈이 뭐냐고 물었을 때 힙합이라고 대답했던 케빈이 이런 말을 하다니…… 케빈은 지금 어느 허름한 방구석에서 지저분하게 수염을 기르며 줄담배를 피우고 있을 것 같았다. 멀리서 케빈의 목소리가 들렸다. 퍽 더 코리아! 아…… 그깟 대마초가 뭐기에 한 젊은이의 인생을 송두리째 뺏어간단 말인가. 어린 시절에 마약을 팔던 제이지는 지금 오바마 대통령과 친하게 지내는데…… 오바마뿐만 아니라 워런 버핏과 점심도 먹는 사이인데…… 그리고 비욘세랑 결혼도 했는데…… 암스테르담에선 대마초가 합법인데……

나는 옷을 입고 집을 나섰다. 홍대에 갈 작정이었다. 내가 문을 열고 집을 나서자 엄마의 고함소리가 들려왔다. 나는 엄마에게 붙잡히지 않기 위해 엘리베이터 대신 성큼성큼 계단을 내려왔다. 엄마는 신발도 신지 않고 헐레벌떡 나를 쫓아왔다. 다행히 엄마는 걸음이 느렸다. 나는 지하철역까지 쉬지 않고 달렸다.

지하철을 타고 홍대로 가는 동안, 핸드폰을 꺼내들었다. 그 사이, 엄마에게서 걸려온 부재중 전화가 네 통이나 찍혀 있었다. 나는 메시지함을 열어서 다시 케빈에게 장문의 메시지를 보냈다.

—힙합이 죽었다니요 투팍은 죽었지만 투팍은
—우리 가슴속에서 영원히 살아 있잖아요 힙합
—역시 마찬가지일 거예요 시간을 되돌릴 수만 있다면 팔
—목이라도 자를 수 있어요

엄마에게서 전화가 걸려왔다. 나는 수신 거부를 누른 뒤 다시 메시지를 작성했다.

—우리가 사랑했던 모든 래퍼들도
—대마초를 피웠잖아요 케빈도 알겠지만 우리 엄마는 부자

다시 엄마에게서 전화가 걸려왔다. 이번에도 수신 거부.

—예요 내가 엄마 차를 팔아서라도 돈을 마련할게요 괜히 미
—안해하지 마요 그때 엄마가 경찰서에서 케빈을 때린

엄마에게서 한 통의 문자 메시지가 도착했다.

—너 정말 엄마 죽는 꼴 보고 싶어?

나는 엄마에게 온 메시지를 삭제한 뒤 다시 케빈에게 메시지를
보냈다.

—찻값이라고 생각해주세요 그때 일은 제가 대신 사과
—드릴게요

다시 엄마에게서 전화가 걸려왔다. 나는 수신 거부를 누른 뒤
엄마 번호를 스팸 번호로 저장했다.

—케빈 우리가 브라더라는 건 아직 유효한 거죠?
—보고 싶어요······
—사실 저는 케빈이 들려준 이야기가 거짓말이라는 걸
—알고 있었어요 아니에요 아니에요 이 말은 취소예요
—케빈이 들려준 이야기가 진짜라고 믿으면 진짜가 되
—는 거 아닌가요?
—저는 케빈이 외계인이라고 말해도 믿을 수 있어요
—아니, 믿을게요
—케빈이 이야기를 들려준 홍대 벤치에서 기다릴게요
—우리가 함께 맥주를 마셨던 곳 말예요
—저는 지금 출발했어요 꼭 나와주세요
—올 때까지 기다릴게요

5

홍대는 한산했다. 나는 케빈의 이야기를 들었던 벤치에 앉아 케빈을 기다렸다. 그렇게 케빈을 기다리는 동안, 평촌 중앙공원에서 그랬던 것처럼, 다시 다가오는 모든 발자국이 내 가슴에 쿵쿵거렸다. 케빈이 오기로 한 그 자리, 내가 미리 와 있는 이곳에서, 스쳐가는 사람이 모두 케빈이었다가, 케빈이었다가, 케빈일 것이었다가…… 그렇게 오지 않는 케빈을 기다리다보니 어느덧 해가 저물어가기 시작했다. 나는 무려 여덟 시간 동안 꼼짝 않고 케빈을 기다렸다. 케빈에게서는 전화조차 걸려오지 않았다. 가끔 모르는 번호로 전화가 왔지만 모두 엄마에게서 걸려온 전화였다. 나는 엄마의 목소리를 듣자마자 전화를 끊었다.

그렇게 해가 자취를 감추고 밤이 찾아왔을 때, 나는 케빈에게 전화를 걸었다. 케빈은 전화를 받지 않았다. 무려 열두 통이나…… 열세번째로 전화를 걸려는 순간, 케빈에게서 한 통의 문자 메시지가 도착했다.

—keep it real

세상이 무너지는 기분이었다. 단 한 문장이었지만, 그래서 더 강렬했다. 삶을 진실하게 살라니…… 아, 이것은 작별인사와 다름없었다. 2012년에 지구는 멸망해버려라. 눈물이 흘렀다. 나는 벤치에 앉아 한참을 울었다. 지나가는 사람들이 이상한 눈초리로 나를 보았다. 그들은 힐끔거리기만 할 뿐 다가오지는 않았다. 그게 나를 더 비참하게 만들었다. 다시 세상에 홀로 버려진 느낌이었다. 나는 자리에서 일어나 정처 없이 홍대를 걸었다.

정신을 차려보니 나는 빡빡이와 랩배틀이 붙었던 놀이터 앞에 도착해 있었다. 기타와 젬배를 연주하며 노래를 부르는 사람들과 한 무리의 구경꾼들이 보였다. 나는 길바닥에 버려진 5백 밀리리터 삼다수 물병을 집어들어 그곳을 향해 던졌다. 그리고 전속력으로 홍대입구역까지 도망쳤다. 달리는 동안, 땀인지 눈물인지 모를 무언가가 내 볼을 타고 흘러내렸다.

6

밤 열한시가 넘어서야 집에 도착했다. 엄마는 어디를 갔는지 보이지 않았다. 곧장 방으로 들어가서 침대에 누웠다. 그동안 케빈과 함께했던 시간이 떠올랐다. 나는 애써 그런 생각을 떨쳐버렸다. 그리고 케빈을 원망했다. 케빈은 입만 열면 구라에다가 약쟁이고 섹스나 밝히는 호색한이다. 자지도 시커멓겠지. 잔인한 케빈. 못된 케빈. 쓰레기 케빈. 사기꾼 케빈. 뺑쟁이 케빈. 약쟁이 케빈. 나는 케빈을 저주하고 또 원망하며 억지로라도 잠을 청했다. 그러나 잠이 오지 않았다. 한 시간. 두 시간. 세 시간. 네 시간. 눈 한 번 깜빡이지 않았는데 네 시간이 흘렀다. 그때 현관문 열리는 소리가 들려왔고, 곧이어 내 방문이 열렸다. 나는 그제야 눈을 감았다. 눈을 감아도 느낄 수 있었다. 엄마가 내게로 다가오고 있다는 것을. 침대에 걸터앉아 내 얼굴을 내려다보고 있다는 것도. 나는 시체처럼 움직이지 않았다. 엄마가 억지로 내 상체를 일으킨 뒤 나를 껴안았다. 엄마에게서 고약한 술냄새가 풍겨왔다. 화가 나서 엄마를 밀쳤다. 너무 세게 밀쳐서 엄마가 그만 바닥으로 쓰러졌다. 바닥에 주저앉은 엄마는 실실 웃다가 갑자기 울음을 터뜨렸다.

"엄마가 미안해……"

미안하다고 해서 달라지는 것은 아무것도 없다. 나는 엄마를 등지고 누웠다.

"엄마가 미안해…… 엄마가 이혼해서 미안해…… 엄마가 아빠를 잘못 만나서 미안해…… 그냥 엄마가 다 미안해……"

무슨 소리냐고 물어볼 틈도 없었다. 엄마는 곧장 방바닥에 뻗어 곯아떨어졌다.

잠시 후, 엄마의 코 고는 소리가 들려왔다. 침대에서 일어나 엄마의 어깨를 흔들었지만 엄마는 잠에서 깨어나지 않았다. 다시 침대에 누웠다. 엄마의 코 고는 소리 때문에 잠을 잘 수가 없었다. 다시 일어나 엄마를 깨웠다. 이번에도 마찬가지였다. 결국 나는 엄마를 업다시피하여 엄마 방으로 향했다. 방문을 열고 엄마를 침대에 눕혔다. 내 방으로 돌아가려는 순간, 침대 옆에 있는 탁자 위에 가득 쌓인 책들을 발견했다. 스탠드를 켜고 책을 집어들었다. 불빛 때문인지 엄마가 옆으로 몸을 틀었다. 엄마의 얼굴이 보이지 않았다. 나는 그 자리에 서서 책을 훑었다. 책 곳곳엔 밑줄이 쳐져 있었다.

　남편의 몫을 없애지 않고, 부부와 부모의 역할을 함께할 것이라 기대해본다. 지어미(婦)가 지아비(夫)가 될 수 없는 것이며, 어미(母)가 아비(父)의 역할을 다할 수 없으니 말이다.[*]

　책을 놓고 스탠드를 끈 뒤 방으로 돌아갔다. 그리고 곧장 침대에 누웠다. 잠이 오지 않았다.
　케빈이 보고 싶었다.

---

[*] 문은희 『엄마가 아이를 아프게 한다』 중에서.

이태원

1

한숨도 자지 못했다. 동이 트자마자 집을 나섰다. 내가 향한 곳은 이태원이었다. 만약 이태원에서도 케빈과 마주치지 못한다면 로스앤젤레스와 피츠버그까지 갈 작정이었다. 나는 케빈과 마주칠 수 있다는 희망을 갖고 지하철에 몸을 실었다.

빛바랜 간판들. 그 간판에 적힌 뜻 모를 글자들. 팔찌와 목걸이를 파는 길거리의 노점상들. 처음 온 이태원은 마치 외국에 온 듯한 착각을 불러일으켰다. 이태원은 냄새부터 남달랐다. 삼각지역에서 6호선 열차를 탔을 때부터 야리꾸리한 냄새가 풍겨왔다. 그 냄새는 군내와 암내, 치즈 냄새가 뒤섞인, 한 번도 맡아본 적 없는 냄새였다. 이태원역 계단을 오를수록 냄새는 더 짙어졌는데, 계단을 모두 오른 순간, 보이지도, 만질 수도, 들리지도 않았던 케빈의 기운을 느꼈다. 아, 분명히 이곳 어딘가에 케빈이 있으리라. 나는 정처 없이 이태원을 걷기 시작했다.

전봇대만한 흑인들과 푸른 눈의 백인들, 터번을 두른 무슬림들까지. 이태원을 걷는 사람들 중 절반 이상이 외국인이었다. 나는 그 사이를 걸어다니며 혹여나 있을지도 모를 케빈을 찾았다. 케빈은 쉽사리 눈에 띄지 않았다.

2

아마 태양 때문이었을 거다. 아니, 태양이 아닐 수도 있다. 한숨도 자지 못해서일지도 모르고, 또 이태원 곳곳에서 느껴지던 기운 때문일지도 모르고, 그것도 아니라면, 냄새 때문일지도 모른다. 아무튼 정확히 무엇 때문인지는 모르겠지만, 나는 대낮에 잠깐 미쳐버리고야 말았다. 이태원역 3번 출구에서 한 무리의 사람들이 쏟아져나왔을 때, 나는 갑자기 길을 걷던 사람을 붙잡고 케빈을 아느냐고 물어보기 시작했다. 사람들은 하나같이 고개를 가로저었다. 아, 도무지 믿기지가 않았다. 이 많은 사람들 중에서 케빈을 아는 사람이 한 명도 없다는 것이. 모두가 나를 속이고 있었다. 그러나 이런 확신과는 별개로 나는 같은 행동을 반복했다. 해가 저물 때까지 나는 길을 걷는 사람들을 붙잡고 케빈을 아느냐고 물어댔다. 그리고 해가 자취를 감추었을 때, 나는 길거리에 늘어선 포장마차로 향했다. 마음 같아선 술을 마시고 싶었지만, 내게 술을 팔 리 없었다. 그래서 나는 술잔을 기울이는 사람들에게도 케빈을 아느냐고 물어보기 시작했다. 그들이 고개를 가로저으면 바로 다른 테이블에 앉아 있는 사람에게 다가갔다. 내가 그렇게 계속 포장마차를 어슬렁거리자 주인으로 보이는 사람이 내게로 와서 꺼지라고 소리를 질렀다. 순간, 사람들의 시선이 모두 내게로 향했다. 잠깐 서러움이 복받쳤는데, 그때, 경찰관 두 명이 다가와서 무슨 일이냐고 말을 걸었다. 경찰관 뒤편에는 순찰을 도는 미군들이 서 있었다. 아, 나는 그 미군들을 보고 조금 전까지의 내 행동이 얼마나 멍청한 것인지를 깨달았다. 케빈은 미국에서 오지 않았는가. 그러니 나는 미국 사람들에게 케빈을 아느냐고 물어야 했다. 나는 미군들에게 어디서 왔느냐고 물었다. 그중 한 명이 친절하게 웃으면서 대답했다.

"United States."

지금 사람을 놀리나. 그러니까 미군 군복을 입고 있겠지. 내 말은 미국 어디서 왔느냐는 말이었다. 나는 다시 미국 어디에서 왔느냐고 물었다. 미군들은 시애틀, 뉴저지, 뉴욕, 로스앤젤레스 같은 미국의 도시들을 말했다. 아, 로스앤젤레스라니…… 그때 나는 정말이지 사막 한가운데서 오아시스를 발견한 심정이었다. 나는 로스앤젤레스라고 대답했던 미군에게 다가가서 진짜로 로스앤젤레스에서 왔냐고 물었다.

"Sorry, I'm from LA."

미군들이 크게 웃음을 터뜨렸다. 나도 마지못해 웃어줬다. 그리고 그들의 웃음이 잦아들 때까지 기다렸다가 케빈을 아느냐고 물었다.

"Oh, I know Kevin. My favorite movie is ⟨home alone⟩."

미군들이 나를 세워두고 맥컬리 컬킨의 근황을 주고받았다. 이런 개새끼들…… 김이 빠졌지만 다시 미군들에게 'LA 제2농구장 대첩'을 들어봤냐고 물었다. 그들은 의아한 표정을 지었다. 나는 케빈의 활약에 대해 설명하기 시작했다. 열여섯의 나이에 로스앤젤레스로 이민을 가서 지독한 인종차별에 시달렸지만 넘치는 매력으로 아이들의 영웅이 됐고, 로스앤젤레스 제2농구장에서 CRIPS파를 혼내줬고, 앤젤리나 졸리를 닮은 로스앤젤레스 최고의 미녀와 연애를 시작했고, 또 저찌하여 냠냠, 그러다가 CRIPS파의 두목과 브라더가 됐으며, 씨워크를 배웠고, 그러다가 CRIPS파 두목이 살해당해서 신변의 위협을 느꼈고…… 거짓말인 줄 알았지만 이야기를 멈출 수가 없었다. 아니, 거짓말이 아니었다. 내가 진짜라고 믿는다면 진짜가 되는 게 아니냐고 케빈에게 묻지 않았던가. 물론 아직 답장을 받지는 못했지만…… 계속 케빈의 이야기를 떠들자 절로 신이 났다. 나도 모르게 웃음이 터지기도 했다. 그런데 반응이 이상했다. 몇몇은 웃음을 터뜨렸고 또 몇몇은 측은한 표정으로 나를 쳐다볼 뿐이었다.

내가 그 장대한 이야기를 끝내자 미군 한 명이 고개를 도리도리 저으며 말했다.

"Oh, poor boy."

처음엔 '풀'이라는 게 문구점에서 파는 '풀'을 말하는 줄로만 알았다. 그러나 나는 미군들의 표정에서 '풀'이 'poor'이라는 것을 알아차렸다. 나는 입을 다물고 다시 정처 없이 걸었다. 딱히 갈

곳이 있는 것은 아니었다. 그냥 걷고 싶었다. 그리고 미군들과 스무 발자국 정도 멀어졌을 때, 고개를 돌리고 소리를 질렀다.

"좆까, 이 코쟁이 새끼들아!"

나는 이 말을 한 뒤에 마구 달리기 시작했다. 빌어먹을 새끼들. 지네 나라나 지키지, 왜 우리나라까지 와서 지랄이야 지랄은. 내가 풀 보이라고? 내가 풀 보이라고? 내가 풀 보이라고? 내가 풀 보이라고? 내가 풀 보이라고? 저 미군들은 광우병에 걸린 소를 처 먹어서 머리가 돌아버린 거다. 빌어먹을 양키 새끼들…… 조금만 기다려라. 이 몸이 미국으로 가서 제2의 오사마 빈라덴이 될 테니깐. 나는 계속 이런 생각을 하며 달렸다. 그렇게 달리는 동안, 땀인지 눈물인지 모를 무언가가 내 볼을 타고 흘러내렸다.

3

정처 없이 달리다보니 그만 길을 잃었다. 뒤를 돌아보니 다행히 미군들은 쫓아오지 않았다. 나는 그 자리에 서서 숨을 고르며 주위를 살폈다. 이미 해가 저물어서 도시는 어둠에 잠겼다. 그 어둠 속에서 우뚝 솟은 이슬람 사원이 보였다. 바로 그 순간, 나는 말로만 듣던 종교적 체험을 했다. 내 두 발이 나를 이슬람 사원으로 이끈 것이다. 그것은 정말이지 나의 의지와는 무관한 일이었다. 나는 발길이 이끄는 대로 이슬람 사원을 향해 걸어갔다.

하느님 외에 다른 신은 없습니다
무함마드는 그분의 사도입니다

이슬람 사원 문에 이런 글귀가 적혀 있었다. 만약 그때 이슬람
사원이 문을 열었다면 나는 이슬람교 신자가 됐을지도 모른다.
알린지 알란지 모를 그 사람을 만날 수만 있다면, 아니 내 알 길
없는 답답한 심정을 누군가가 위로해준다면, 아니, 그냥 들어만
줘도, 나는 평생 돼지고기를 먹지 않고 살아갈 수 있었다. 그리고
정말로 테러리스트가 될 수도 있었다. 그러나 이슬람 사원은 굳
게 닫혀 있었다. 역시나 종교는 믿을 게 못 된다. 나는 다시 정처
없이 걷기 시작했다.

내가 걷는 길은 미로처럼 갈림길의 연속이었다. 사방이 고요
했고 어두웠다. 나는 주위를 살피며 걸었다. 드문드문 술 취한 외
국인들이 어느 골목에선가 튀어나오곤 했는데, 그럼 나는 방향을
바꿔서 걸음을 빨리했다. 그렇게 빠르게 걷다가 어느 골목길에서
내게로 다가오는 사람을 발견했다. 어두워서 남자인지 여자인지
조차 분간할 수 없었다. 주위에는 개미 새끼 한 마리조차 보이지
않았다. 덜컥 겁이 났다. 이태원 살인 사건은 한 번으로 족하다.
나는 다시 뒤돌아서 그 미로 같은 갈림길을 달리기 시작했다.

얼마나 달렸을까, 골목길 어귀에서 푸른 불빛과 소음이 새어나
왔다. 나는 무작정 그곳을 향해 달렸다. 그리고 그 골목길 어귀를
꺾자마자 그 자리에 멈춰 섰다. 마치 파도처럼 이태원 곳곳에서
느꼈던 야릇한 기운이 나를 덮쳤다.

그 순간, 내가 보았던 것은 긴 내리막 도로를 사이에 두고 늘어선 푸른 조명의 가게들이었다. 뒤로 고개를 돌리고 왔던 길을 살폈다. 다시 저 어두침침한 길을 걷다가 어떤 끔찍한 일을 겪을지도 모른다. 나는 내키지 않았지만 그 내리막길을 내려갔다.

내리막길을 걸을수록 야릇한 기운이 더 강하게 나를 옥죄었다. 이태원을 거닐면서 느꼈던 야릇한 기운의 진원지가 바로 그곳인 듯싶었다. 놀이기구를 탈 때처럼 심장이 벌렁거리고 자지 끝이 타들어가는 느낌이었다. 푸르스름한 조명들과 Apple이나 Candy 같은 글귀를 적어놓은 촌스러운 간판들과 그 아래로 여자들이 서 있었다. 그들은 지나가는 사람들을 붙잡고 말을 걸었다. 그러나 내게는 말을 걸지 않았다. 내가 아다라서 그런가……

엿들을 생각은 없었지만 귓가로 여자들의 목소리가 들려왔다. 그런데 말을 하는 여자들의 목소리가 이상했다. 뭐랄까, 그러니까 남자가 여자의 목소리를 흉내낸다고나 할까. 뭔가 오싹한 기분이 들어서 걸음을 빨리했다.

그 긴 도로의 끝에 다다랐을 때 낯익은 목소리가 들려왔다. 아, 이젠 환청까지 들리는구나. 나는 뒤돌아보지 않았다.

그렇게 그 내리막길을 다 내려왔을 때 누군가 내 어깨에 손을 올렸다. 다시 낯익은 소리가 들려왔다.

"성준이니?"

고개를 돌렸다. 환청이 아니었다. 내 뒤에 아빠가 서 있었다.

4

그대로라고 해야 하는 걸까. 아빠의 예전 모습이 기억나지 않아서 그대로, 라는 표현밖에는 할 수가 없었다. 그래서 다시 만난 아빠는 예전 그대로였다.

아빠와 나는 이태원의 어느 카페에 마주앉았다. 주문한 음료가 나올 때까지 우리는 아무런 말도 나누지 않았다. 음료가 나온 뒤에도 나는 말없이 컵에 꽂힌 빨대만 바라봤다. 무슨 말을 해야 할 것 같았는데 무슨 말을 해야 할지는 몰랐다. 자꾸 목이 말라왔다. 나는 테이블 위에 올려진 레모네이드를 마셨다. 내가 레모네이드를 반이나 마셨을 때, 아빠가 먼저 말을 꺼냈다.

"성준이가 올해 열세 살인가?"

틀린 말은 아니었다. 아직 생일이 지나지 않아서 만으로는 열세 살이 맞았다.

"만으로는요……"

"……세월이 참 빠르구나."

아빠가 멋쩍게 웃었다. 아빠와 나는 다시 입을 다물었다.

"그래, 요샌 어떻게 지내니?"

한참이 지난 뒤에야 아빠가 다시 말을 꺼냈다. 나는 대답을 할 수가 없었다. 뭐라 대답을 해야 할지 몰랐으니까…… 다시 빨대를 물었다. 잔에 담긴 레모네이드가 줄어들수록 빨대 소리가 더 커졌다.

"이태원엔 어쩐 일로 왔니? 설마 아빠를 만나러 온 건 아니겠지?"

무슨 뜻인가 싶어 두 눈을 치켜떴다.

"아빠 회사가 이 근처잖니. 그래, 네 표정을 보니깐 아빠 보러 온 게 아닌 건 확실하고…… 무슨 일로 왔니?"

아빠의 말을 듣자 새삼스레 엄마가 떠올랐다. 케빈이 집으로 찾아왔을 때 이태원은 절대로 가지 말라고 신신당부했던 게 고작 이런 이유였단 말인가. 내가 혹여나 아빠를 마주칠까봐……? 잠깐 헛웃음이 터졌다. 어쨌든 엄마의 우려가 현실이 됐으니 말이다.

나는 한참이 지난 뒤에야 대답했다.

"케빈을 만나러 왔어요."

"케빈……? 케빈이 누구니?"

내 혀끝이 입천장을 스치기 전에 멈춰 섰다. 그 순간, 그동안의 일들이 뒤죽박죽 떠올랐다. 내가 엄마에게 납치당해서 학원을 다니게 된 일과 인천에서 엄마에게 협박을 당했던 일과 꿈에 찾아온 이육사와 한용운과 윤동주와 김소월과 또 프로메테우스와 버르장머리 없는 초딩과 외교통상부에 취직하지 못한 영어 선생과 원장과 내가 아이들에게 받았던 멸시와 학원가 골목에서 초딩들에게 처맞았던 일과 원장이 롤모델로 삼으라고 했던 홍 뭐시기란 사람과 내가 코피를 쏟으며 공부했던 시간과 또 케빈과 투팍과 비기와 씨워크와 문워크와 평촌 중앙공원에서 마주친 풍경들과 LA 제2농구장과 앤젤리나 졸리를 닮은 케빈의 여자친구와 팔뚝만한 자지를 가진 CRIPS파의 두목과 나와 랩배틀을 붙었던 빡빡이와 나라 아줌마와 『해리 포터』와 태성이 형과 아바다 케다브라 주문과 태성이 형에게 거짓말을 했던 오지수란 사람과 이제는 성인이 된 엠마 왓슨과 케빈을 연행했던 경찰들과 엄마 화장대 위에 쌓인 책들과 엄마가 손수 밑줄 쳤을 구절들과 내가 케빈에게 보낸 장문의 메시지와 또 케빈에게 받은 메시지와 hiphop is dead와 keep it real과 조금 전에 길거리에서 마주쳤던 미군들과 poor boy와 굳게 닫힌 이슬람 사원과 또 그 푸른 불빛의 술집들과…… 그러나 나는 아무 말도 하지 못했다. 말 대신 자꾸 눈물이 흘러내렸다.

"성준이가 사춘긴가보구나……"

아빠가 나를 보며 말했다.

"그래. 엄마는 잘 지내고?"

목이 메어서 대답이 나오질 않았다.

"자, 오늘은 그만 일어나자. 엄마한텐 아빠 만났다는 소리 하지 말고."

아빠가 의자에서 일어나 테이블 위에 놓인 계산서를 집어들었다. 그러나 나는 일어서지 않았다. 또 언제 아빠를 만날지 기약할 수 없었다. 나는 그때 가슴속에 담아뒀던 질문을 꺼냈다. 왠지 오늘이 아니면 평생 물어보지 못할 것만 같았다.

"저기…… 제가 정말로 아빠의 아들인가요?"

그동안의 모든 일들이 마치 지금 이 순간을 위해 벌어진 일들처럼 느껴졌다. 내가 학원을 다니고…… 케빈을 만나고…… 케빈과 헤어지고…… 내 말을 듣자 아빠가 나를 빤히 쳐다보다가 다시 의자에 앉았다.

"그게 무슨 소리니……?"

"제가 아빠의 친자식이냐구요."

"아빠가 원망스럽니?"

"그런 뜻은 아니었어요. 그냥…… 궁금했어요."

아빠는 한참 동안 내 얼굴을 바라보다가 주머니에서 담배를 꺼냈다. 그리고 담배를 문 뒤 라이터로 불을 붙이며 말했다.

"아마 그럴 거야."

그럴 거라니……

"이제 너도 다 컸으니깐 말하는 거지만 네 엄마는…… 내가 처음이었다."

내가 아무 말이 없자 아빠는 멋쩍게 웃으며 다시 말을 꺼냈다.

"……너랑 엄마는 둘, 나는 솔로. 진정 외로운 사람은 나란다."*

내가 아무 말이 없자 아빠는 농담이라며 다시 멋쩍게 웃었다. 그러나 농담이 아닌 것 같았다. 아빠는 그때 정말로 외로운 사람처럼 보였다. 아빠와 나는 한참 동안 아무 말 없이 서로를 쳐다봤다. 나는 고개를 숙이지 않았다. 먼저 시선을 피한 쪽은 아빠였다. 아빠는 창밖을 바라보며 계속 담배를 피웠다. 아빠가 허공으로 내뿜는 담배 연기는 마치 말풍선처럼 보였다. 그러나 그 말풍선의 글자들은 이태원 가게 간판에 적힌 글자들처럼 해석할 수가 없었다. 아빠는 어떤 생각에 사로잡혔는지 계속 말이 없었다. 나는 염탐하듯 아빠의 얼굴을 살폈다. 마치 손금처럼 아빠의 얼굴

---

* 박근형 희곡 〈경숙이 경숙아버지〉에서 따옴.

주위로 깊게 팬 주름들이 보였다. 만약 손금으로 미래의 일을 예측할 수 있다면, 주름으로는 과거의 일을 예측할 수 있지 않을까. 그렇다면 저 깊게 팬 아빠의 주름에도 어떤 사연들이 깃들어 있으리라. 왜 이런 생각이 들었는지는 모르겠지만, 그 순간, 나는 제발 그러기를 바랐다.

아빠는 필터만 남을 때까지 담배를 피웠다. 그리고 그 담배를 재떨이에 비벼 끈 뒤, 나를 바라보며 천천히 입을 열었다.

"성준아…… 너는 아빠가 불쌍하지 않니……?"

어느새 아빠의 눈가로 눈물이 고였다. 금방이라도 울음을 터뜨릴 것 같았다. 나는 그런 아빠를 빤히 쳐다보다가 카페가 떠나가라 웃음을 터뜨렸다. 카페 종업원들과 다른 테이블의 사람들이 모두 우리를 쳐다봤다. 그러나 터져나오는 웃음을 참을 수가 없었다. 혀를 깨물고 손바닥으로 얼굴을 때려도 말이다. 나는 그렇게 한참을 웃다가 아빠를 보며 말했다.

"그런 거 같아요."

나는 이 말을 한 뒤에 자리에서 일어났다. 그러고는 곧장 카페를 나와 지하철역으로 향했다. 아빠가 등뒤에서 나를 부르며 쫓아왔다. 나는 멈춰 서지 않았다. 나를 따라온 아빠는 지하철 개찰구에서 나를 돌려세웠다. 아빠는 말없이 나를 쳐다보다가 뒷주머니에서 지갑을 꺼내 5만 원짜리 지폐 두 장을 쥐여주었다. 그러고는 마치 도망치듯 뒤돌아서 지하철역 계단을 걸어올라갔다. 나는 말없이 카드를 찍고 지하철로 향했다. 지하철을 탈 때까지 나는 한 번도 뒤돌아보지 않았다.

엄마는 소파에 앉아 있었다. 나는 곧장 방으로 들어갔다. 그동안 모았던 힙합 CD들이 책상 위에 가득 쌓여 있었다. 나는 그 CD들을 쓰레기통에 넣었다. 그리고 옷장을 열어 두 치수나 큰 리바이스 청바지와 XL 사이즈의 티셔츠들, 뉴에라들도 담았다. 그리고 다시 집을 나와 엘리베이터를 탔다. 내가 향한 곳은 아파트 입구에 있는 쓰레기장이었다. 엄마는 졸졸 내 뒤를 쫓아왔다. 나는 말없이 쓰레기통에 담긴 물건들을 분리수거했다. 옷과 뉴에라 들은 의류수거함에 넣었고 CD들은 일반 쓰레기에 넣었다. 엄마는 걱정스러운 얼굴로 내 등뒤에 서 있기만 했다. 나는 말없이 쓰레기통을 모두 비웠다. 그리고 엄마를 향해 활짝 웃으면서 말했다.

"세상을 이끌어나가는 사람이 되고 싶어."

엄마는 내 말을 듣자 울음을 터뜨렸다. 나는 엄마를 꼭 안았다. 엄마의 어깨가 들썩였다. 그때 나는 두 번 다시 울지 않겠다고 다짐하며 마지막으로 울었다.

학원 3

*

　나는 다시 아침 일곱시에 일어나 아침을 먹고 여덟시까지 집 앞으로 나가 학원 차를 기다린다. 학원 차는 제일 먼저 나를 태우고 한 시간 동안 다른 아이들을 태운다. 학원으로 향하는 동안, 나는 영단어집을 펼쳐놓고 영단어를 외운다. 영단어집을 비롯한 새로운 교재들은 아빠가 준 돈으로 구입했다.

　새로 다니는 학원은 전에 다니던 학원보다 규모는 작지만 훨씬 더 꼼꼼하고 체계적이다. 무려 네 개 반이나 있다. 보충반, 준비반, 심화반, 영재반. 나는 자사고 준비반에서 수업을 듣는다. 이 학원 역시 한 달에 한 번씩 반 편성을 한다. 아, 그리고 학원에서 낯익은 사람을 만났다. 전에 다녔던 학원의 영어 선생 말이다. 그는 내가 새로 다니는 학원에서 중학생 보충반 영어 문법을 담당한다. 선생과 마주쳤을 때 우리는 잠깐 움찔했지만 곧 서로를 모른 척하며 스쳐지나갔다. 그에게 수업을 받지 않아서 다행이었다. 주말 저녁엔 따로 과외를 받는다. 내 과외 선생은 태성이 형이다. 내가 형 집으로 갈 때도 있고 형이 우리집으로 올 때도 있다. 형은 얼마 전에 검정고시를 치렀다. 형은 올해 수능을 치를 예정인데 아줌마 말에 따르면 '스카이'에 진학하는 것은 아무 문제가 없다고 한다. 이미 오래전에 고등학교 교육과정을 끝냈기 때문이다. 형은 예나 지금이나 말이 없다. 그리고 나도 형처럼 말수가 줄었다. 그래서인지, 나는 모르는 번호로 걸려오는 전화는 받지 않는다.

새로운 학원의 회화 담당 외국인 선생에게 특별한 이야기를 들었다. 그는 자신이 힙합을 즐겨 듣는다고 했다. 잠깐, 반가운 마음이 들었지만 내색하지는 않았다. 그는 항상 수업이 끝날 무렵에 잡담을 늘어놓곤 하는데, 하루는 투팍이란 래퍼가 살아 있을지도 모른다고 말했다. 그러면서 여러 증거들이 있다고 했다. 투팍의 시신은 투팍이 죽은 지 이틀 만에 화장을 했고 또 그 당시 투팍은 자신이 죽으면 7천2백만 불을 받는 보험에 가입했다는 것. 그리고 결정적인 증거로 투팍이 죽은 뒤에도 끊임없이 발매되는 음반을 꼽는다. 또 1996년에 죽은 투팍이, 사후에 발표된 뮤직 비디오에서 1997년에 판매된 농구화를 신고 있었다는 것과 1998년에 나온 폭스바겐 자동차를 타고 있었다는 것도 많은 사람의 의심을 사는 부분이다. 어떤 이들은 투팍이 FBI의 도움을 받아 자메이카에서 살고 있다고도 말한다. 그러나 그런 이야기를 듣지 않아도 알 수 있었다. 투팍이 살아 있다는 것을 말이다.

나는 그 이야기를 들은 뒤, 가끔 이런 상상을 하곤 한다. 내가 특목고를 졸업한 뒤 미국으로 유학을 떠났을 때 미국의 어느 거리에서 투팍과 마주치는 장면을. 만약 투팍과 마주친다면 나는 투팍에게 무슨 말을 해야 할까. 오랜 고민 끝에 나는 투팍에게 건넬 말을 찾았다.

"고마워요. 당신 덕분에 이곳까지 올 수 있었어요."

그리고 이 말을 하기 위해선 열심히 공부를 하는 수밖엔 없다.

방학은 며칠밖에 남지 않았지만, 이 짧은 시간은 내게 기회다. 나는 9월에 있는 토플 시험에서 백 점 이상을 맞아야 한다. 그럼 투팍과 마주칠 때까지…… 안녕.

스무 살 때의 일이다. 머리가 희끗한 노년의 극작가는 자신의 제자들에게 우주의 비밀을 들려주었다.

"여러분, 내가 비밀 하나 알려줄게요. 여러분은 모두 실패할 겁니다."

그가 하던 말을 받아쓰던 나는 필기를 멈추고 그를 바라봤다. 깊게 팬 주름과 안경 너머의 두 눈동자를 바라보다가 뭔가가 치밀어오르는 것을 가까스로 참았다. 그때 이후, 나는 글을 쓸 때 작법 대신 그가 들려준 우주의 비밀들을 떠올렸다.

필사를 하며 인생이란 무엇인가를 고민할 것
글은 머리가 아니라 엉덩이와 팔뚝의 근육으로 쓰는 것
새로운 주제나 형식에 매달리지 말 것
절실한 것을 절실하게 표현하면 그것은 비명이다,
이 비명을 이야기로 만드는 것이 바로
예술이다

나는 그가 들려주는 우주의 비밀들을 적으며 반드시 당신과 작가 대 작가로서 만나겠다고 다짐했다. 그러나 나는 안다. 당신의 말대로 내가 실패하리라는 것을. 내가 쓴 글이 책이 되어 세상에 나오고, 그 책은 서점이나 도서관 한편에 자리를 잡을 테고, 그래서 어쩌면 세상의 어느 누군가는 나를 작가라고 부를지도 모르지만, 나는 당신 앞에서 작가일 수가 없다. 그러나 슬프지도, 괴롭지도 않은 것은 당신이 들려준 우주의 비밀들 덕분이다. 늘 건강하시기를 빈다.

　　사랑하는 가족들, 친구들, 동기들, 선배들, 가르침을 주신 여러 선생님들께 깊은 감사를 전한다. 나도 내가 아는 우주의 비밀을 하나 말하자면, 당신들 중 단 한 명이라도 만나지 못했다면 지금의 나는 나일 수가 없다는 것. 그러니 이 수상 역시 당신들 덕분이라고. 이건 진심이라고. 그리고 늦게나마 이 소식을 전할 수 있었던 친구 리원이에게 미안함과 더불어 고마움을 전한다. 파도가 바다의…… 철썩철썩.

　　마지막으로 졸작을 뽑아주신 심사위원 선생님들께도 깊은 감사를 드린다. 열심히 쓰겠다는 말을 수없이 들으셨겠지만 그 말밖엔 할 수 없는 사람의 심정도 아실 거라 믿는다. 정말이지 열심히 쓰겠다.

류보선(문학평론가)

　김수연씨의 『브라더 케빈』은 내가 예심부터 줄곧 주목한 소설이었다. 여러 작품들 사이에서 한 작품을 고르는 수고를 들일 필요도 없었다. 그저 그 작품들 속에서 홀로 빛나고 있었다. 간결하면서도 속도감 있는 문장, 인물의 몇몇 특징에 대한 묘사와 서사만으로 바로 이 사람이라 할 만한 성격을 만들어내는 성격화 능력, 현실과 비현실/현실원칙과 쾌락원칙/대타자의 욕망과 개인의 욕망/순종하는 신체와 모험적 주체/현실로부터 벗어나려는 현실도피주의와 현실 너머가 두려워 현실 안으로 도피한 현실도피주의 사이를 긴장과 이완의 변증법을 통해 그야말로 천의무봉처럼 누벼나가는 재능은 단연 돋보였다. 그리고 그러한 능수능란한 창작 방법 속에서 그야말로 자연스럽게 전달되는 주제, 그러니까 오늘 대신 미래의 안정성에 저당잡힌 현존재들의 부조리하고 무의미한 삶에 대한 날카로운 비판과 그로부터 벗어나려는 무모하지만 가치 있는 주체적 행위에 대한 동경이라는 문제의식 또한 만만치 않았다. 좀 노골적으로 말하자면 내게『브라더 케빈』은 제2회 문학동네 대학소설상 응모작 중에서 단연 빛나는 단 하나의 소설이라 할 만큼 압도적이었다. 그렇지만 이 소설이 우리가 기대하는 '대학'소설인지는 끝까지 확신할 수 없었다. 내가 '대학'소설에 기대했던 그것, 그러니까 기존의 상식을 한순간에 폭파하는 도발적인 상상력이나 감당하기 힘든 외설적인 실재들, 그리고 이제까지 경험할 수 없었던 무시무시한 원풍경 같은 것이 미약해 보였기 때문이었다. 어떤 점에서『브라더 케빈』은 비록 충분히 독자적인 세계를 갖추고 있는 듯 보이나 그럼에도 최근 우리 소설사를 풍성하게 했던 박현욱의『동정 없는 세상』이나 황현진의『죽을 만큼 아프진 않아』, 심재천의『나의 토익 만점 수기』와 비슷하게 공유하고 있는 요소들이 많다고 느껴졌다. 이 때문에 나는『브라더 케빈』이 좋은 소설이라고 말할 수는 있었지만, 좋은 '대학소설'인지까지를 알 수는 없었다. 그러나 그럼에도『브라더 케빈』은 가장 문제적인 소설임에 분명했고, 따라서 이 작품을 제2회 문학동네 대학소설상 수상작으로 선정하는 데는 그리 오랜 논의가 필요하지 않았으며, 나 역시 흔쾌하게 동의했다.

윤성희(소설가)

  김수연씨의『브라더 케빈』은 전설적인 래퍼 투팍이 죽은 날, 너무 슬퍼 예정보다 한 달 일찍 태어난 주인공의 특목고 학원 경험기이다. 중학생이지만 특목고 학원에서 초등학생들과 같이 수업을 들어야 할 만큼 성적이 형편없는 나. 초등학생들에게도 맞고 다니는 나. 그런 주인공의 성장기인 이 소설을 나는 단숨에 읽었다. 발랄한 문장 뒤에 숨겨져 있는 슬픔이 좋았고, 나의 고민과 어른들의 고민을 동등한 눈으로 바라보는 시선도 좋았다. 엄마가 불쌍하지도 않니? 하는 말을 듣고 특목고를 가기로 결심하고 난 뒤 엄마가 친구와 즐겁게 수다를 떠는 동안 베란다에서 뛰어내리는 상상을 하는 장면이나, 10년 만에 만난 아버지에게 자신이 친자식이냐고 묻고 또 그런 아들에게 아버지가 아마도 그럴 것이라고 대답하는 장면을 볼 때, 가족이라는 문제를 지나치게 긍정적으로도 또 지나치게 부정적으로도 다루지 않으려는 시선이 느껴졌다. 힙합의 소재를 특목고 학원을 다니는 열다섯 살 소년과 연결시키려다보니 다소 무리하게 끼워맞추려는 듯하게 느껴졌지만 그래도 그 점이 이 소설의 구조를 허술하게 만들 정도까지는 아니었다. 다만, 조금 더 힙합의 느낌이 살았다면 좋았을 거라는 생각이 든다. 내가 이 소설에서 느낀 가장 큰 불만은 문장도 아니고 소설의 구조도 아니다. 주인공이 너무 단시간에 공부를 잘하게 된다는 점이었다. 주인공이 어떤 상황에서든 너무 빨리 깨닫고 너무 빨리 성장한다는 점 때문에 이 소설은 너무 착한 소설이 되고 말았다. 시크함을 가장하고 있지만, 그래서 홍대 클럽도 가고 일탈을 하지만, 결론은 어른들이 바라는 소년으로 성장한다. 이런 소소한 불만은 있었지만 그래도 주저 없이 이 소설을 수상작으로 뽑게 되었다. 그 작은 단점 말고 아주 많은 장점이 있었으므로. 첫 장부터 마지막 장까지 문장들이 계속 이야기를 끌고 간다는 것은 좋은 재능이다. 축하드리며 좋은 작가가 되길 바란다.

차미령(문학평론가)

결과를 놓고 보면, 심사는 어렵지 않았다. 수상작인 김수연씨의 『브라더 케빈』의 존재감이 그만큼 압도적이었다. 하지만 나의 심사는 힘들었다고 말해야겠다. 의뢰받은 원고들의 맨 끄트머리에 이 소설을 놓았던 나로서는, 당선작을 뽑지 못할 것이라고 이미 낙담하고 있었다. 그리고 마지막 순서로, 거의 기도하는 마음으로, 하지만 거의 아무런 기대도 없이, 『브라더 케빈』을 펼쳤다. 그리고 순식간에 읽어버렸다. 아우토반을 달리는 기분이었다.

김수연씨는 발군의 감각의 소유자다. 여러모로 그래 보였다. 그는 이번 공모에서 '글맛'이란 걸 느끼게 해준 유일한 필자였다. 읽는 내내 능청스러운 문장에 속수무책이었고, 각 장이 매듭지어질 때마다 작은 감탄이 새어나왔다. 매력적인 캐릭터 구축 능력, 학원가와 대학가 인근 등을 섭렵하는 공간감, 자기 세대의 문제를 포착하는 시선 모두 남달랐다. 다른 모든 경쟁작들이 미숙하고 서툰 속에서 어떻게든 길을 찾으려 안간힘을 쏟았다면, 이 작품은 저 혼자 노련했다. 선택이 조금 힘들었던 것은 도리어 그 때문이었다. 기성품에서는 접하기 힘든 맑은 목소리를 감지할 수 없었다면, 더 오래 망설였을 것이다. 특목고 입시학원에 들어갔다가 힙합에 눈을 뜬 한 중학생의 이야기 속에는 교육열이라는 이름으로 포장된 경쟁사회의 우울한 초상과, 삶의 활력에 눈뜨고 그것을 사수하고자 하는 작은 투쟁의 서사가 함께하고 있었다. 투팍을 사랑하는 힙합 소년의 영광과 좌절에 동행할 수 있게 되어서 기쁘다.

현재를 통해 미래를 읽어내려는 모든 시도는 모험이고, 또한 도박이다. 김수연씨가 앞으로 계속 쓰리라는 믿음이 있었기에 수상작 선정에 기꺼이 동의할 수 있었다. 작품 곳곳에 흩뿌려진 독서 편력 때문이 아니라, 이 사람이 글쓰기를 정말로 즐기고 있다고 생각했기 때문에. 아직 너무나도 젊지 않은가. 도무지 그만두지 못할 정도로 좋아하는 것이 있다면, 바로 그것을 하기를. 그것이 문학일 수도 있고, 다른 무엇일 수도 있지만, 그래도 부디 문학이기를. 수상을 축하한다.

툭툭툭 탁탁탁

이종산(소설가)

속초에서 닭강정이 왔다. 수연이 보내준 닭강정이다. 닭강정은 식은 후가 더 맛있는 거라는 문자가 왔다. 식은 닭강정은 맛있었다. 수연이 우리집에서 묵고 간 지 일주일이 지났다. 수연은 지난 토요일에 떠났다. 수연을 만나러 가면서 나는 긴장해 있었다. 유리벽이 있어 다행이었다. 수연이 유리벽 안에 있어 나는 인사를 나누기 전에 그를 먼저 볼 수 있었다. 수연은 얼굴이 아직 부드러운 젊은 남자였고 어깨가 둥글었다. 내가 유리벽 안으로 들어가자 그가 나를 바라봤고 우리는 인사를 나눴다. 눈이 선했다.

만약 다른 행성들에도 지능이 있는 생명체들이 있다면, 우리는 그들과 어떻게 의사소통을 할 수 있을까?

수연이 떠나기 전에 나는 그에게 속초 이야기를 하나만 해달라고 졸랐다. 그는 옛날 이야기를 아끼는 편이었다. 수연은 속초에서 태어나 자랐다. 집에서 조금만 걸으면 바다였다. 바다에는 등대가 있었다. 어린 수연은 등대에 올라가서 바다를 한없이 바라봤다. 나는 작가가 될 거야. 막연하게 글을 쓰고 싶어졌다. 물결이 수연을 떠민다. 수연이 자란다.

수연이 중학교 3학년이 되던 해에 속초에 처음으로 특목고 입시학원이 생겼다. 수연은 입시학원보다 먼저 속초에 들어온 흑인음악에 빠져 있었다. 입시학원에 마음이 흔들리지 않은 건 아니지만 흑인음악이 학원보다 매력적이었다. 음악이 수연을 떠민다. 수연이 자란다. 나는 작가가 될 거야. 여전히 그렇게 생각하면서.

"고등학교 때는 뭘 했어요?"

"외로워만 했어요."

글을 배우려고 혼자 안양으로 올라왔지만 타지생활은 외로웠다. 하숙집에서 눈칫밥을 먹으면서 전국의 백일장을 다 돌았다. 3년 동안 백일장이란 백일장은 다 다녔다고 했다. 상을 받은 적은 없었다. 일반 공모와 달리 백일장은 정해진 장소로 직접 가서 글을 써야 한다. 낯선 장소에서 그날 주어진 주제에 따라 글을 쓴다. 침묵 속에서 종이를 채워야 한다. 시간에 쫓겨 맹목적으로 글을 쓰고 시험장을 나오면 기운이 빠진다. 점심을 혼자 먹고 자신이 쓴 글을 되짚으면서 낯선 길을 되돌아나오는 것, 내게 백일장은 그런 것이었다. 그런 일을 3년 동안 거듭한 생명체라면 의사소통이 불가능하지만은 않겠다.

"태몽은 뭐였어요?"

"호랑이가 할아버지를 덮쳤대요."

"어떤 호랑이?"

"엄청 큰 호랑이."

"그렇지. 태몽에 나오는 호랑이들은 엄청 크지."

"사주 보러 가실래요?"

낙관은 금물. 소통은 그리 쉬운 것이 아니다.

"사주를 어디서 봐요?"

"나가면 어디 있지 않을까요?"

그가 창밖을 가리키며 말했다. 농담을 하는 얼굴은 아니지만 농담이겠지. 농담이 아니라면 어쩌지? 나는 2주 전에 엉터리 점술가에게 사주를 본 이야기를 했고 그는 아무렇지 않은 얼굴로 내 이야기를 들었다. 그와 사주를 보러 갔더라면 어땠을까. 수연이 스무 살에 점을 보러 갔다면 그가 다시 바다로 돌아갈 거라는 점괘가 나왔을까?

수연은 대학교에 들어가 희곡을 썼다. 안산에서 세 학기를 보내고 그는 고향으로 간다. 1년 반 후에 문학동네에서 연락이 온다. 그는 집에 혼자 있었고 자고 일어난 참이었다. 전화를 받은 그가 감사하다고 소리를 지른다. 출판사에서 전화가 오면 다른 행성에도 생명체가 있었다는 것을 알게 된다. 알게 된 후에는? 다시 방으로 들어가 글을 쓴다. 날마다 하던 일을 한다. 수연은 날마다 썼다. 많으면 네 장, 짧으면 반 장 정도였다. 1년 동안 그렇게 쓴 글이 모여 첫 장편소설이 됐다. 글을 봐줄 사람이 없으니 누구를 의식할 필요도 없었다. 쓰고 싶은 대로 썼다. 어떤 대목을 쓰면서는 웃기도 한다. 어라, 이거 좀 재밌잖아?

"쓰지 않을 때는 뭘 했어요?"

"쓰기만 했어요."

수연이 사진 한 장을 보여줬다. 공책 더미를 찍은 사진이었다. 밑에 깔려 있는 공책들은 스프링노트였고 중간부터는 모두 초록색 노트였다. 그게 모두 필사노트라고 했다. 사진 속의 공책들을 세어보니 스무 권이었다. 6월에 찍은 사진인데 그후로도 계속 필사를 해서 지금은 더 많다고 했다.

"손으로 썼어요?"

"손으로 썼어요."

"대단하네요."

"공책이 얇아요."

어떤 소설을 옮겨 적었을까 궁금해서 누구를 좋아하는지 물었다. 김영하와 이기호를 좋아한다고 했다. 이기호의 소설집 『갈팡질팡하다가 내 이럴 줄 알았지』에 있는 소설은 전부 필사했다. 동서고금을 막론하고 새로운 것은 없다. 새로운 것을 보여주는 것에 연연하지 마라. 수연은 새로운 것을 믿지 않았다. 김영하와 이기호를, 김훈과 황석영을, 샐린저의 『호밀밭의 파수꾼』을 모방했다.

"하지만 이건 새로운데?"

수연의 소설을 가리키며 내가 말했다.

그날 케빈이 내게 들려준 음악은 투팍의 음악이었다.

『브라더 케빈』은 어떤 대목에도 잠시 멈춰 서 킥킥댈 수 있는 구절이 있었다. 그건 일종의 틈 같은 것이었다. 나는 수연의 소설을 읽으며 자주 멈춰 섰다. 신기한 건 내가 어느새 종착점에 와 있었다는 것이다. 경쾌한 속도였다. 탁탁탁. 문장이 넘어가는 소리가 들렸다. 호흡을 끊지 않는 틈은 도대체 어떻게 만드는 것일까? 짧게 끊고 다음 장으로 넘어가는 구성도 인상적이었다.

"계산을 해서 쪼갠 것은 아니에요. 이야기가 새로 바뀔 때마다 끊고 다음 장으로 넘어간 거죠. 처음엔 단편으로 쓴 거예요. 단편은 10일 만에 썼어요."

단편소설은 케빈에 대한 이야기였다. 소설이랄 수도 없는 아주 짧은 이야기였다고 수연이 말했다. 이야기는 끝나지 않았다. 새로운 이야기들이 자꾸 생겨났다. 엄마, 태성, 초딩들, 선생들이 들어오면서 단편은 장편으로 확장됐다. 성준이 새로 들어온 인물들 사이에서 터지고 깨지는 동안 수연은 『호밀밭의 파수꾼』을 필사하고 있었다. 홀든은 죽고 싶다는 말을 달고 살면서도 결코 심각해지지는 않았다. 수연은 성준에게 홀든의 태도를 가르쳤다. 성준은 유머를 배웠고 비명을 지르는 대신 농담을 하기 시작했다.

"여기서 착한 사람은 아무도 없어요. 기술 가정 선생이나 영어 선생은 패배의식을 가진 사람들이고. 이 안의 세계가 부조리한 건 맞지만 특목고를 비판하려고 한 건 아니에요. 상황을 보여주고 싶었어요. 이 아이가 선택할 수 있는 유일한 것이 특목고인 거죠."

성준은 특목고 입시학원에 들어가면서 세계의 부조리와 대면한다. 성준이 경비에게 쫓기다가 학원가의 실체를 목격하는 장면에 대해 물었더니 김영하의 영향을 받은 거라고 했다. 『검은 꽃』

의 마지막 장면과 『너의 목소리가 들려』의 첫 장면을 읽고 놀랐다. 중요한 부분에서 감정을 배제하고 장면으로만 보여주는 방식을 모방했다고 했다. 수연과 대화한 세 시간 동안 수많은 작가들의 이름이 나왔다. 집에 와서 녹음한 것을 들어보니 절반 이상이 다른 작가의 이야기였다. 『브라더 케빈』에서 어떤 부분이 좋았다고 하면 수연은 그 부분이 누구의 영향을 받은 것인지를 먼저 얘기했다. 시인, 소설가, 극작가 들의 말이 자주 인용됐다. 처음에는 수연이 지나치게 겸손한 것은 아닌가 생각했는데 대화가 길어질수록 성준과 수연이 겹쳐 보였다. 수연은 속초에서 혼자 소설을 쓰는 동안 필사와 인터뷰에 의지했다고 했다. 인터넷으로 작가들의 이름을 검색해 인터뷰를 봤다. 무엇을 얻으려 했느냐고 물으니 얻으려고 한 건 없었다고 대답했다.

"그냥 보면서 힘을 얻었어요. 자극을 받았다고 하기는 민망하고, 닮고 싶었어요."

텔레비전 속의 배우들을 흉내내며 어린 시절을 보낸 투팍과 투팍의 다큐멘터리에 매료된 성준은 우리의 세계와 어른들의 세계 사이를 떠도는 인물들이다. 우리의 세계와 어른들의 세계 사이에는 명확한 선이 그어져 있다. 우리는 어른들의 세계로 침입할 수 없고 어른들은 우리의 세계로 침입할 수 없다. 『브라더 케빈』은 가상의 세계를 끌어와 부조리한 두 세계 사이에 위치시키면서 인물들이 빠져나갈 틈을 마련한다.

『브라더 케빈』은 보잘것없는 인생을 살던 성준이, 자신이 태어난 순간에 대한 기억을 되찾으면서 시작된다. 성준은 투팍의 죽음에 대한 소식을 듣고 슬퍼졌고 울어야만 했기 때문에 엄마의 뱃속에서 탈출한다. 투팍의 죽음과 성준의 탄생이 연결되면서 성준은 고유성을 회복한다. 수연의 말에 의하면 『브라더 케빈』은 모방의 산물인데 그럼에도 읽는 동안 어디서 본 것 같은 느낌은 잘 들지 않았다. 수연을 만나기 전에 『브라더 케빈』을 읽으면서 나는 작가가 소설을 전문적으로 배운 사람은 아닐 거라고 생각했다. 그의 소설에는 '이렇게 써야 해'가 거의 없었다. 확신이 없는 상태에서 소설을 쓰면 '이렇게 써야 해'가 자주 개입하게 된다.

세상에 떠도는 온갖 작법들이 뭉쳐진 '이렇게 써야 해'에 휘둘리다 정신을 차려보면 진짜 한심하게 재미없는 글 한 편이 손에 쥐어져 있다. 내가 쓰려던 건 이런 것이 아니었어! 그렇게 '이렇게 써야 해'와 '내가 쓰려던 건 이런 것이 아니었어'를 오가다 지칠 대로 지치면 될 대로 되라는 심정이 된다. 내 맘대로 할 거야. 다 조용히 해!

양쪽에서 떠들어대는 입을 틀어막고 할 수만 있다면 밟아서 찌그러뜨린 후에 가만히 기다리면 사방이 고요한 가운데 이상한 애가 다가온다. 이상한 애와 말을 트고 죽이 맞아 활개를 치다보면 찌그러져 있던 두 목소리가 슬그머니 다가온다. 이렇게 쓰라는 거였어. 내가 쓰려던 게 바로 이런 거야.

수연은 이상한 아이를 제대로 만나 꽤 근사하게 활개를 쳐본 것 같다. 이상한 아이는 마지막까지 이상했다. 수연은 『브라더 케빈』이 성장소설이라는 것에도, 부조리를 다룬 이야기라는 것에도 수긍했다. 그러나 『브라더 케빈』의 결말은 성장소설의 결말도 부조리극의 결말도 아닌 것 같았다. 그 아이가 어떤 것을 선택한 걸까?

"좌절한 거죠. 성준이 탈출할 수 있는 방법이 자살밖에 없는데 그렇게 하면 무책임한 거잖아요. 무책임하게 이야기를 끝내고 싶지는 않았어요. 이 아이가 현실적으로 선택할 수 있는 건 학원에 다니는 것밖에 없어요. 다시 소설이 처음 시작된 시점으로, 같은 곳으로 돌아갈 수밖에 없는 거죠."

그렇다면 결국 못 빠져나갔다는 것인데 그 결말이 절망적으로 보이지만은 않았다. 이야기 끝에 서 있는 성준은 절망에 빠져 있지 않았다. 미국에 가서 투팍을 찾겠다는 의지를 보이는데 이런 의지가 절망일 수만은 없을 것이다. 그런데 이 아이는 희망을 품지도 않는다. 투팍이 살아 있을 것이란 정도의 희미한 희망밖에는 없다. 성준은 끝까지 아무것에도 수긍하지 않는다. 결말을 읽으면서 수연이 이상한 아이를 정말 제대로 만났구나 싶었다. 수연은 모방 다음의 순간을 경험했던 것 같다.

수연은 긴 시간 이야기를 나누는 동안 목소리가 커지는 일도 말이 빨라지는 법도 없었다. 크게 웃은 적도 없었던 것 같다. 이야기에 따라 목소리가 또렷해지거나 늘어진 말투가 좀더 풀어지거나 했을 뿐이다. 시종일관 겸손했고 자리가 지루하다는 인상을 주지도 않았다. 모든 질문에 성의 있게 대답했고 부드럽게 되물을 줄 알았다. 사실 나는 수연의 질문에 몇 번이나 휘말려서 내얘기를 쏟아놓다가 아차 하고 입을 다물었다. 고백하건대 우리의 대화를 주도한 것은 수연이었다.

수연이『삼국지』와『해리 포터』 중에서 고민하다가 지금 세대에 더 맞는『해리 포터』 얘기를 쓰기로 했다고 말했을 때 나는 그가 어떤 남자가 되고 싶어하는 것인지가 궁금해졌다.

"『해리 포터』에서 좋아했던 인물이 있어요?"

"시리우스 블랙을 좋아해요."

"어떤 점이 좋아요?"

"우아하잖아요. 타협하지 않고 형식에 얽매이지 않고. 그러면서도 여유롭고 고급스럽고."

"그러면서 유머감각도 잃지 않죠."

해리에게는 블랙이, 성준에게는 케빈이 롤모델이었을 것이다. 수연에게 케빈에 대해 묻자 수연은 학원가 장면을 어떻게 썼는지 말해주었다.

"학원가 장면은 의식해서 쓴 거예요. 학원가의 실체를 보여줘야 하는 장면이었어요. 속초에는 학원가가 없잖아요. 평촌 학원가가 모델로 삼은 곳인데 직접 갈 수가 없으니까 로드뷰를 봤어요. 클럽 장면도 그렇게 썼어요. 속초에는 클럽이 없으니까. '아프리카 TV'에 클럽 생중계를 하는 채널이 있어요. 그거 보면서 쓴 거예요. 클럽 실황."

수연은 입시학원에 다닌 적도 클럽에 가본 적도 없다고 했다. 케빈 같은 존재도 없었다.

"주인공에게 케빈은 위로 같은 거죠. 내 모든 것, 외로움을 다 들어주는 사람이 케빈이에요. 처음으로 즐거운 순간."

사람은 씨팔…… 누구든지 오늘을 사는 거야

그날 수연과 카페 네 군데를 돌았다. 두번째로 간 카페에서 가장 오래 이야기를 나눴는데 그곳의 문은 나무판자로 되어 있었다. 잠깐 대화가 끊겼는데 수연이 문을 보고 있었다.

"무대를 저렇게 만들었어요. 저기에 검은 천을 달아요."

대학에 들어간 수연은 연극을 배웠다. 무대에서는 모든 일이 다 가능했다. 분무기를 들고 소화기라고 하면 분무기가 소화기가 되는 곳이 무대였다.

"극작 세미나에서 강의실 절반을 무대로 만들어요. 목재 깔고 흑막 달고. 거기서 매일 공연을 하는 거예요."

극작과에는 모든 소품에 초배를 하는 전통이 있었다.

"모든 걸 다 만들어야 해요. 목재를 잘라서 소품을 직접 다 만들고 초배를 해요. 한지를 먹이는 거죠."

수연이 우리가 앉아 있던 나무 테이블을 문질렀다.

"이런 테이블도 만들었어요. 의자, 탁자, 전화기. 웬만한 건 다 만들 수 있어요."

한 주에 한 편씩 20분짜리 극이 무대에서 상영됐다. 수연은 밤을 새워서 무대와 소품을 만들었다. 목재, 톱, 못과 망치에 익숙해졌다. 새벽까지 못질하다가 아침 수업에 못 들어가는 날이 많았다.

"욕도 많이 오가요. 잠 못 자고 밤을 새우면서 하는데 일을 못 하면 짜증이 나니까."

그렇게 매일 밤을 새워 만든 극이 무대에 올라가면 이상한 기분이 들었다. 못질을 하고 검은 천을 달아서 만든 무대에 직접 하나하나 풀을 먹인 소품들이 놓여 있다. 그 무대와 소품들은 동기들과 함께 만든 것이었다. 배우고 스태프고 상관없이 모두가 달라붙어 못질을 했다. 같이 밤을 새우며 일했던 친구들이 함께 만든 무대 위에서 연기를 하고 있었다. 조명 뒤에도 사람이 있었고 음향도 사람이 만드는 것이었다.

"연극은 안 외롭잖아요. 제가 외로움이 많은데 소설 쓰면 진짜 외롭잖아요."

수연은 연극의 매력에서 헤어나오기가 힘들다고 했다. 마지막으로 간 카페에는 커다란 책장이 있었는데 수연은 카뮈의 『이방인』을 골랐다. 희곡과 소설 두 분야를 썼던 카뮈에게 흥미가 있다면서 책을 펼쳐 몇 장을 읽었다. 대학에서 소설창작수업을 들은 적은 없지만 극작 강의를 들으면서 글쓰는 태도를 배웠다. 예를 들면 대사 같은 것.

"수업에서 사람들이 실제로 쓰는 말을 써야 한다고 배웠어요. 일상적인 말을 쓰라고요. 소설을 쓰면서 강의에서 들은 말들을 자주 떠올렸어요."

수연은 카뮈의 책을 고르고 나서도 한참 책장 앞을 서성거렸다. 내가 보고 있는 책들에 대해 한마디씩 던지기도 했는데 어떤 책을 내밀어도 할말이 있을 것 같아 보였다. 책에 대한 정보를 쏟아내는 것이 아니라 책으로 말을 건네는 식이었다.

"그 시리즈 좋죠. 여기서 책 내는 게 꿈이에요."

그런 말을 해놓고는 데뷔하고 원고 청탁은 받고 있느냐는 질문을 바로 이어서 한다. 내가 아껴 읽는 시리즈를 보며 꿈이라고 (그 특유의 늘어진 말투로) 말하는 사람 앞에서는 어떤 질문에도 답할 준비가 되어버린다. 도스토옙스키 얘기가 나왔을 때는 이렇게 말을 이었다.

"이름이 너무 길지 않아요?"

그 이름을 말할 때면 언제나 발음이 꼬이는 나는 웃어버렸다. 한참 도스토옙스키의 소설들을 얘기했는데 수연은 도스토옙스키의 풀네임을 알고 있었다. 표도르 미하일로비치 도스토옙스키. 집에 와서 몇 번이나 발음해보았다. 이제 나도 도스토옙스키의 풀네임을 알게 됐다.

첫번째 카페와 두번째 카페 사이에서 우리는 점심을 먹었다. 수연은 점심을 먹는 동안 한 번도 핸드폰을 꺼내지 않았다. 그리고 밤이 되어 저녁을 먹고 돌아가는 길에 수연이 내게 물었다.

"페이스북 하세요?"

수연은 그날 하루종일 몸이 좋지 않았다. 나는 페이스북과 트위터에 대한 얘기를 하다가 수연의 창백한 안색을 보고 입을 다물었다.

다음날 아침 수연을 배웅하면서 벌인 가벼운 실랑이에 대해서는 말을 아끼기로 하자. 집으로 돌아왔는데 못질하는 소리가 들렸다. 툭툭툭. 수연은 매일 밤을 새우며 못질을 했던 것처럼 소설을 쓰지 않았을까. 그래서 문장에서 그런 소리가 나는 것일까. 툭툭툭 탁탁탁.

수연은 동기들에게 한턱내고 속초로 돌아갔다. 날이 풀리면 경주로 가서 그 오래된 도시를 걸을 것이고 여름에는 해변에서 일할 것이다. 그리고 아마 한동안 그랬듯이 날마다 쓸 것이다. 같고 또 아주 다른 날들을 보내게 될 수연을 생각한다.

문학동네 장편소설
브라더 케빈
ⓒ 김수연 2013

초판 인쇄 2013년 9월 30일
초판 발행 2013년 10월 7일

지은이 김수연
펴낸이 강병선
책임편집 유성원 | 편집 김민정 김필균 강윤정 김형균 | 모니터링 이희연
디자인 김이정 유현아 | 마케팅 신정민 서유경 이연실 정소영
온라인마케팅 김희숙 김상만 이원주 한수진
제작 김애진 김동욱 임현식 | 제작처 영신사

펴낸곳 (주)문학동네
출판등록 1993년 10월 22일 제406-2003-000045호
주소 413-120 경기도 파주시 회동길 210
전자우편 editor@munhak.com | 대표전화 031) 955-8888 | 팩스 031) 955-8855
문의전화 031) 955-8890(마케팅) 031) 955-1924(편집)
문학동네카페 http://cafe.naver.com/mhdn | 트위터 @munhakdongne

ISBN 978-89-546-2254-7 03810

www.munhak.com